U0916420

# 在坚硬的世界里，修得一颗温柔心

苏心　著

青岛出版社
QINGDAO PUBLISHING HOUSE

**图书在版编目（C I P）数据**

在坚硬的世界里，修得一颗温柔心/ 苏心著.--青岛：青岛出版社，2017.10

ISBN 978-7-5552-5570-3

Ⅰ. ①在… Ⅱ. ①苏… Ⅲ. ①散文集－中国－当代 Ⅳ. ①I267

中国版本图书馆CIP数据核字(2017)第159563号

**书　　名**　在坚硬的世界里，修得一颗温柔心
**著　　者**　苏　心
**出版发行**　青岛出版社
**社　　址**　青岛市海尔路182号（266061）
**本社网址**　http://www.qdpub.com
**邮购电话**　010-85787680-8015　13335059110
　　　　　　0532-85814750（传真）　0532-68068026
**责任编辑**　郭林祥
**责任校对**　李晓敏
**特约编辑**　崔　悦
**装帧设计**　樱　瑄
**照　　排**　梁　霞
**印　　刷**　三河市鹏远艺兴印务有限公司
**出版日期**　2017年10月第1版　2018年4月第2次印刷
**开　　本**　32开（880mm×1230mm）
**印　　张**　9
**字　　数**　150千
**书　　号**　ISBN 978-7-5552-5570-3
**定　　价**　38.00元

编校印装质量、盗版监督服务电话　4006532017　0532-68068638

**建议陈列类别:**畅销·文学

揠苗助长而苗死，
才知道万物生长需要等待，

幸福是等在门外的晨曦，

只有熬过那段黑暗的夜色，
它才能推门而至。

在这个世间行走，

每个人何尝不是航行在夜海中的船，

恐惧感与生俱来。

哭有什么用？

要学会咬紧牙关驶向自己的彼岸。

那些凌晨和夜晚并不是无声的世界，

而是有情的众生，

我一直被它们加持，

从而将日子过得生动而从容。

当与命运狭路相逢，

路很长，

夜很黑，

你别无退路，

只能在胸口刻上一个“勇”字，

克制着所有的恐惧，

咬牙走过那段独行的夜路。

走着走着，天就亮了。

身在红尘，
我们无法做到千帆看尽，
仍是少女，
但要有一颗阳光向上的心，

这些光芒会把心底的黑暗驱散，
会让你永远活得坦坦荡荡。

总说时光无情，

那是因为你在浪费它。

时光其实最有情有义，

你投入得越多，

它回馈得就越多。

肉体是每个人的神殿，

不管在那里供奉什么，

它都应该更美丽，

更灿烂。

如果有天使，

就是你低头读书的模样。

我见过每个凌晨的模样，

每个夜晚的灯火阑珊，

只是为了遇到那个最好的自己。

每个人的一生，

都难免会遇到被打压的境遇，

置身于狭窄处，

甚至连呼吸都困难。

但只要你对生活不曾失望，

坚持守候自己的梦想，

清风总会徐来，

吹散你身边的雾霾，

把你带入一个清新的世界。

# 目录

## 第一章　你说你想天长地久

## 第四章　最后相伴的时光里，彼此心安



## 第五章　请真正地幸福吧

第一章

# 你说你想天长地久

## 婚外恋的女人为什么总爱问“我该怎么办”

一连几天，都有人在微信后台问我同一个让她纠结的情感问题。

我耐心地回答，后来发现竟然都是——婚外恋。

我开始沉默。

并不是假装清高，我尊重每一份真心付出的感情。只是，情人这件事，我不愿多费口舌，因为累死也说不出结果。

W说，我爱了他六年，为他付出了太多太多。他经常在我这里吃晚饭，然后回家。那些孤独的夜，我都不知道是怎么熬过来的。可是，上个月，他和我说分手，他说他妻子知道我们的事了，闹着要离婚，他不能失去那个家。苏心，你能告诉我，我该怎么办吗？

Y说，我和他是初中同学，上学时就彼此有好感，可惜没走到一起。去年同学聚会时我们开始来往，之后突破底线，成了情人。我甚至打算为他离婚，可是，我一和他说出我的想法，他就消失了，各种联系方式都拉黑了我。去他单位，每次保安都说他不在，我快疯了。他为什么不爱我了？我该怎么办哪？

S说，我是那种含蓄的女人，遇到一个让我心动的男人，他也很欣赏我。我们在一起工作几年了，每次见到他，我都脸红心跳。我可不可以告诉他？如果不能，这会是我今生最大的遗憾……

问世间情为何物？

其实，我也说不清，我只知道，世间最让人黯然神伤的，是相爱的人不能互相拥有。

可是，一些结果，并不是只有相爱这个条件就够了，是在相遇前就注定了的。

对的时间遇见对的人，是一种幸福。错的时间遇见对的人，是一种痛苦和一声叹息。

记得几年前，我去一个机关办事，在门口碰到一个疯了似的的女人往里冲，几个保安拉着她不让进。四下围了一群人，那个女人见自己进不去，就撒泼坐在地上又哭又骂。原来是她老公和单位一个女的好了，那女的竟然给她打电话，逼她离婚。她也不是善茬儿，跑到他们单位大吵大闹。

后来，我再去那个单位时，八卦地问起这事，对方一脸坏笑："你别瞎操心了，人家两口子好着呢。那个男的说那个女同事是神经病，他们之间清清白白。"我大吃一惊："真的？那女的这么病态？"对方一脸鄙夷之色："当然不是，那男的和人家在外面租房子住了好长时间，这么说不过是怕丢了饭碗。可怜那女的，不好意思来上班，请了长期病假，在家躲着不出门。男的倒跟没事人一样。"

唉，我轻轻叹了一口气。这种事，最后吃亏的总是那些痴情的傻女人。

女人，如果恋上一个已婚男人，但注定无法在一起，记住，千万不要做情人。

因为，一旦两个人成了情人，便不再感到轻松透明。两个人之间有了一种说不清的责任，便会自然地向对方提出许多要求。也许这些要求很正常，可当他满足不了你时，你难免会伤心惆怅，你会陷入情绪的旋涡难以自拔。

情人的角色因见不得天日而令人产生一种不安全感，令人很容易在患得患失中失去自我。而失去自我的女人就会失去曾经夺目的魅力。甚至在那个男人的利益受到威胁时，他会很无情地把你当成弃子。

如果说结婚时考虑的是爱情，那离婚时考虑的绝对是利益。那是一场与生活方式、命运前途、身家财产、子女归属等休戚相关的考量，你们的爱情要有多么伟大，才能让他把这些东西弃之不顾？

可是，既然不能做情人，而你又特别喜欢那个男人，该怎么办？

朋友L是一家电视台的编导，聪明，漂亮，能干，事业一直处于上升期。我曾一脸崇拜地请教她："姐姐，在这个男人世界里，你游刃有余地行走职场，却从未传出过绯闻，能传授一下秘诀吗？"

L哈哈大笑："我有好多'男朋友'呢，就像小S与蔡康永那种、李湘与何炅那种，相互欣赏，彼此鼓励，在事业上是合作伙伴，在生活中是知己。或许有一种淡淡的情愫，但这种感情不会让自己迷失。我们会在一起喝喝茶，聊聊天，也会开一些粉红色的玩笑。这种关系轻松又美好，是一笔无法估量的财富。"

多么智慧的女人！能把男女之间的关系处理得这么好，在"使君有妇，罗敷有夫"时遇见，没有生出"君婚我未识，遇君却已迟。恨不早相识，日日与君知"的遗憾，没有结出苦果，而是绽放成一朵可以滋养自己的花。

喜欢一个人，不一定非要投入他的怀抱，也可以做一颗与他平行的星星啊。从不交融，却能相互辉映，惺惺相惜，让你们的关系一直明亮而温暖。

他会欣赏你独立的思想，会回味你举手投足的神韵，会把你放在心底深处，会因你的自爱更加尊重你。

不做情人，只做有情人。

这样，你们之间的关系才可以天长地久。

## 光脚开门的爱人

萧伯纳说过，让想结婚的结婚，想单身的单身吧，反正最后都会后悔的。

这话貌似有些刻薄，却也不无道理。结婚还不到三年，我就后悔了。

老公属于沉默寡言型，这正是我喜欢的菜，男人嘛，一天到晚嘴不停地说，多招人烦哪。结婚前我觉得老公好酷哇，任凭我怎么唠叨，他都一言不发。

可是，这婚前的“优点”，到了婚后就让我崩溃了。一件事我总要问好几遍，才能听到他嗯一声。

我和他嚷过几次，问他是不是听力有问题。这回他不淡定了，恶狠狠地回答：“每个人的性格不一样，别用你的标准要求我。还有，以后不许进行人身攻击！”哎呀，妈呀，原来大哥一开金口就噎死人。

这种伤人的对话发生过几次，我们的感情竟然生了罅隙。我俩就像两只刺猬，谁也不肯把刺藏起来。任由婚姻这袭华丽的袍，生出一只又一只虱子。

女儿不满一周岁我就上班了，虽说是在哺乳期，可工作单位是经营性质，经常要加班到深夜。

有一次月末盘点，直到凌晨一点多我才回家，等了半天也没等到一辆出租车。我孤身一人走在空荡荡的大街上，嘴里念着“佛祖保佑，观音保佑，圣母马利亚保佑”，以缓解心里的恐惧。

我心里不由得充满了对老公的怨气，平时温柔的话听不到一句，加班到三更半夜他都不打个电话问问，和这种人过日子真没劲。我脑子里竟然闪过“离婚”二字，连自己都吓了一跳。

终于到家了。走进胡同那一刻，我长吁一口气，已经看见了家的大门。掏了半天，包里没找到钥匙，估计是忘在单位的抽屉里了。

我懊恼地抬手想使劲拍门，想了想，又怕吵醒女儿，就轻轻拍了几下。稍停，正准备拍第二次，门开了，老公站在门口。

我有点儿吃惊他的速度，却懒得理他，直接进屋。老公跟在后边：“你轻点儿，孩子有些发烧，折腾了半天，我给她喂了退烧药，睡得正香。”

我心中的怒气稍稍平息了一下。一低头，看到老公只穿着袜子站在院子里。估计他怕吵醒女儿，听到我敲门就急忙跑出来，鞋也没来得及穿。我不愿理他，洗洗睡了。

女儿上幼儿园时，我们搬了新家。一百三十多平方米的三居室，看着就让人舒心。

日子本该是快乐的，可是，我和老公的关系还是处于不冷不热的状态，我们更多的沟通方式竟然是吵架。我和他就像在两个鱼缸里的鱼，天天对望，却总是难以靠近彼此。

又一个加班的夜晚，我回到家楼下已经十二点多了。楼宇门开着，应该是细心的老公为我留的。

我顺手带上门，上了楼，正在翻包找钥匙，防盗门开了。老公一脸如释重负："这会儿路上车少，你又飞车回来的吧？洗澡水好了，早点儿洗洗睡吧。"

洗完澡，我发现浴巾没带进卫生间。我喊了一声："浴巾在哪儿？"老公递进来一条浴巾。顺着打开的门缝，我看到他光脚站在地板上。

我走出来，问他："你怎么光着脚呢？"老公面无表情："你一招呼我就赶紧拿给你，怕你着凉感冒，你身体太娇气。"我白他一眼，永远这副死德行，好话从来不会好好说。

想起几年前我加班的那个夜晚，他也是没穿鞋就跑出来开门，于是问他还记不记得。

老公回想着："那天我哄睡了女儿，想去接你，又怕女儿醒了。想给你打个电话，又怕给你添乱，就一直支着耳朵等你。知道你胆小，听你一敲门，我就没顾上穿鞋，赶紧跑出去开。"

我不由得想起一个寓言故事。一个年轻人一心想拜佛，不听母亲劝阻到处寻佛。他在一家寺院遇到一位老和尚，老和尚点拨他，为你光脚开门的人就是你苦苦寻找的佛。年轻人往回走，一路找了许久也未找到。当他满身疲惫地回到家时，发现光脚给他开门的正是母亲。

躺在床上，我的心慢慢热起来。

结婚这些年，老公一直默默照顾着我，只是不善于表达。而我总是不领情，一心想把他打造成"甜嘴丈夫"，不如我愿就和他吵，以致隔膜越来越深，夫妻间本该有的那种默契，已不复存在。

原来，无论我多晚回家，始终有一盏灯为我亮着；无论我怎么作，都有一个人愿意包容我。

躺进老公的臂弯里，我沉沉睡去，从来都没有睡得这么香甜过。

其实，这个世界原本就不存在天造地设的一双。任何一对夫妻，都需要一步步磨合修行，才能得到婚姻的功德圆满。

# 姑娘，嫁给这样的男人你才会幸福

几天前，有位姑娘和我聊天。她说自己订婚一年了，总感觉男友不怎么爱自己，一想到结婚，她就很不安。她一再问我，究竟嫁给怎样的男人才会幸福？

这个问题，有很多人问过，我认为主要有三点：

要有情，要大方，要善良。

是的，要有情。

首先，你一定要嫁给爱情。

感情是结婚的必需条件。一生那么久，如果只是因为寂寞而嫁，荷尔蒙指数一下降，你们之间就只剩下争吵。而为了利益去结婚，你的心会在岁月里荒芜，没有爱的日子，会让人一次次生出逃走的冲动。

婚姻本来就是两个毫无血缘的人在一起，共同来抵挡命运中的一切，如果没有爱维系，有时甚至还不如路人。

还有，你和他之间最好的爱情模式是，他爱你多一点儿。让他多爱你一点儿，他才会一直疼你宠你。

我的大学同学，也是我的闺密，是曾经的校花，当年追她的人无数。最终，她嫁给了追了她八年的一位高中同学。

爱情里有这样一个规律：如果很多女人爱一个男人，第一个退出的大多是最爱的那个。但如果很多男人爱一个女人，最爱她的男人会坚持到最后。

这么多年，当年的女生很多都变成了黄脸婆。而我那位闺密，却始终是浅笑盈盈，明眸善睐，一副小女孩的模样。

其次，要大方。

这个大方不仅仅是指花钱，更是指心胸。

女人，最好嫁给有经济实力的男人。在感情面前谈钱没有什么难为情的，能钓到金龟婿说明你优秀。不要相信有情饮水饱，更多的其实是贫贱夫妻百事哀。

如果没有太多的钱，那么，他一定要有格局，这个格局也会让他走到你希望的地方去。

但是，一个男人，如果没有钱，再没有心胸，你一定要远离。

住在我楼上的夫妻，从搬进来那天就吵，吵得我几次想报警。吵架的原因，既不是男人出轨，也不是女人红杏出墙，都是些鸡毛蒜皮的事。什么她买了一件新衣服，他觉得贵；什么她给她妈买了几个苹果，他觉得她乱花钱。每次听到他们吵架，我都恨不得冲上去教训那个男人一顿。有吵架的时间，还不如出去挣钱，哪怕捡饮料瓶，这工夫也够买一箱苹果了。

然后，要善良。一定要善良。

不善良的男人，无论是高富帅，还是富二代，都不能嫁。一个不善良的男人，做事没有底线，心里只有自己。他爱你时，你要天上的星星都给你摘；他不爱你时，立马六亲不认，你的死活与他无关。

记得当年我上大学时，同宿舍的一位姐妹，正和男友散步，迎面跑来一个蹒跚学步的小女孩儿，跌倒在他们面前大哭。那个男孩儿看都不看一眼，继续往前走。我的姐妹就因为这个细节和他分手了，她说，一个那么可爱的小女孩儿摔倒在他面前，他竟然面无表情，他的心是多么冷硬？一辈子和这样一个男人在一起，简直太可怕了。

在我眼里，善良的男人最性感。他在帮助弱小、扶持贫病人群时的形象最熠熠生辉，最让人心动。

他觉得世间众生都值得怜惜，何况是你？不管你这一生有什么样的际遇，他也会像当初在婚礼上承诺的那样：不论祸福、贵贱、疾病，都会守候着你，不离不弃，生死相依。

有这三点的男人，实在已是难能可贵。如果再幽默一点，风趣一点，再有上进心，肯努力，简直就是上上大吉。

“十个男人七个傻八个呆九个坏，还有一个人人爱。”我说的就是人人爱的那种，姑娘，如果你遇到这样的男人，千万不要错过。

愿你，执子之手，与子偕老，嫁给幸福，一生快乐。

# 武媚娘：回到大唐，她不过是那个要爱的女子

香染的胭脂雨纷纷，引得后人论古今。

——题记

她原本有个很吉祥的名字——武如意。

那年，她十四岁，活泼漂亮，被选进皇宫封为才人。皇帝正是唐太宗李世民，对她很喜欢。一夜尽欢，清晨，李世民望着被底娇娃，睡态慵懒，面容粉嫩，越看越爱，赐名武媚娘。

她虽自小丰衣足食，可哪里见过皇宫里这样的排场，不由得得意非常。但喜新厌旧对皇帝来说是再普通不过的事，不久，李世民看中了别的女子，不再搭理她。

武媚娘伤心哭泣，难道自己就这样老死宫中？她要改变皇上对她的态度，要做一个被宠爱的妃子。

一天，武媚娘洗去铅华，换上素服，去拜见正受宠的才人徐惠。她问："姐姐，皇上为何冷落我？请姐姐指教。"

徐才人没想到一向行事张扬的武媚娘姿态如此谦卑。她沉默片

刻，直言道："其实，论色，你比我强。可是，以色侍君不久，以才事君才久。"武媚娘低头想了片刻，深鞠躬道万福，走了。

从此，她认真读书，不再做一只徒有外表的花瓶。后来，她遇到了太子李治，他被她的才华打动。最后，她用才华获得了想要的一切。

武媚娘的爱情，很多人也曾经揣测过。这个一生被权力萦绕的女人，是否有过爱情？其实，女人的绽放大多是因为被爱情的养料滋养。武媚娘也不例外，她毕生的绽放，无不是在爱情的基础上。

可她的爱人究竟是谁？

自然不会是唐太宗。爱情讲究一个真心，如果武媚娘爱的是李世民，又怎么会在他病重时，与侍疾的太子李治眉目传情，由此情根深种？尽管，她做了李世民十二年的才人。但十二年，对于她和李世民来说，不过是他们生命的交集，却无关感情。

唐太宗死后，武媚娘被迫到感业寺削发为尼。她深深思念着太子李治，写下一首充满哀怨的诗——《如意娘》：看朱成碧思纷纷，憔悴支离为忆君。不信比来长下泪，开箱验取石榴裙。

有人说她是为了脱离感业寺，把爱情当成了跳板。二十几岁的她，何尝想过要什么权力，她渴望的只是一份感情。只是，在那样的封建礼教下，谁会承认她的爱情呢？

还好，成为唐高宗的李治是一个长情的男人。他和武媚娘在感业寺相遇，泪眼相对，诉说相思。李治回宫后，再也不顾祖宗规矩，不顾群臣反对，一心迎娶心上人进宫。他要给她名分，给她宠爱。他爱江山，更爱美人。

李治始终是一个一往情深的丈夫，但是他身体不好，只得把朝政交给武媚娘来处理。想象着无数个夜晚，长安城里的皇宫中，他躺在卧榻上，看着聪明能干的爱人，果敢地批复奏折，一定是安心而骄傲的吧？而她的才能有了用武之地，还能为丈夫分忧解难，她一定也是快乐的吧？

因为爱情，一切都是幸福的模样。

彼时的武媚娘，并非想要揽过什么权力，她只是要做一个好妻子，把国事当成了家事。丈夫身体羸弱，她来帮他决断，这何错之有？抛开世俗，他们不过是一对相扶相持的夫妻。

武媚娘嗜花成癖，李治便在皇宫里种满她喜爱的各种花卉。每到春天百花盛开的日子，整个皇宫姹紫嫣红。爱一个人，倾一座宫。

多少月下花前，有着李治和武媚娘相拥相携的身影，那对深情凝望的男女，才是他们本来的面目——尘世中的恩爱鸾俦。

李治死后，武媚娘还保留着赏花的习惯。每到春日，她常常在花园中望着一园春色发呆。花朝月夜动春心，谁忍相思不相见。身边没了李治的身影，那些当时只道是寻常的日子再也回不去了。

黯然心伤处，她让宫女采集百花和米捣碎后，蒸成花糕，赐给群臣，用来怀念已经远去的爱人。其实，有着至高无上权力的武则天，却是孤独的。

没有了爱人的呵护，她必须把自己长成一棵大树，才能给儿子一地阴凉。

李治临终前留下遗诏让儿子继承皇位，并在遗诏中称：“军国大事有不能决断者，请天后处理决断。”

妩媚，定格在李治驾崩的那一刻，武媚娘的名字也改成了武曌，从此变成一副冷冷的君主模样。

没有了很多很多的爱，武曌便要很多很多的权，才能完成爱人临终的嘱托，让大唐繁荣昌盛，方不负他的深情厚爱。

她做到了。

八十二岁的则天大帝，一生看尽长安花，在诵经声中缓缓闭上双目，与丈夫团圆去了，身后留下一块无字碑，功过任由后人说。

# 就算九十岁，也要恋爱呀

## （1）

昨天，我分享了一篇爱情文章到朋友圈，有人在下面留言：你可真有闲心，每天谈情说爱。

我看了看她的头像，认出她是一位经常在朋友圈发自己和孩子照片的妈妈。看照片，她的年龄也就三十岁左右，却难寻一丝女人的精致，衣服松松垮垮套在身上，也不化妆，嘴唇发白，脸上的色斑都清清楚楚。

我问：为什么这么说呢？

她回复：结了婚，就好好过日子吧，什么情啊爱啊的，整这些虚的干吗？

我不由得叹了一口气，本来想再说几句，还是选择了沉默。

其实，举案齐眉也好，琴瑟齐鸣也罢，都是寻常夫妻的寻常日子，加上情，加上爱，加上一些小心思而已。结了婚就不谈情说爱了，这是哪门子逻辑，这样的婚姻得有多么苍白？

## （2）

阿云是我们小区的一位邻居。几年前，她丈夫在外面有了女人，毅然决然地和她离了婚。那年，阿云三十四岁，独自带着八岁的女儿，租了一间门店，开了一个小超市。

她们母女的日子过得很艰难，孩子的衣服大多是阿云买来碎布头，自己用缝纫机做的。她自己的衣服，都是邻居你一件我一件送的。

我女儿第一次去阿云那里买东西，管她叫“奶奶”。我尴尬地笑：“这孩子，怎么瞎叫，叫阿姨。”阿云苦笑：“不是第一次了，小孩子的眼睛是最准的，我这样子可不就像个奶奶吗？”

我看着阿云的素颜，她一头男人似的短发，甚至有了早生的华发，看上去简直就像五十岁的女人。

也有热心人给阿云张罗终身大事，只是，每次都是“见面死”。相亲失败的次数多了，阿云就断了再婚的念头，把心思全部放在了女儿身上。

一天，我在她那里买东西，有一句没一句地和她聊起婚姻的事。我鼓励她出去参加一些聚会什么的，说不定会遇上合适的人。

她一脸沧桑：“哎，我都四十岁了，哪还敢奢望这么浪漫的事，等女儿嫁人了，我就找个老头，做个伴儿。”

我目瞪口呆，竟无言以对。

记得作家王蒙曾说过：每一个女子不分老幼，个个皆是风情万种。

这位八十多岁的老人，丧偶后又邂逅了爱情，结婚之日，忍不住大声欢呼：生活万岁！爱情万岁！他就像一位初坠情网的年轻人，让人忍不住感喟爱情的巨大魔力。

人的老，并不是从某个年龄开始，而是从你不再相信美好开始。

（3）

我有一位闺密，是一家国企分公司的总经理，长得并非天生丽质，但举手投足间有一种特别的女人味，非常精致。

几年前她离了婚，一直单身，并不是没有再遇到条件合适的男人。她说，她不会为了条件而结婚，她要等那个能让她心如鹿撞的人。

我相信，她一定能遇到，她那么优秀，就算六十岁也会被当成女神追求。

她曾经和我说，不要以为这个世界真像人们说的那样心灵美更重要。我并不反对，只是，这是个看颜的世界，你首先要赏心悦目，人家才更愿意去看你美丽的心灵。

我很赞同她的话，所以从不敢以素颜示人，更不敢穿得随随便便。

当我清妆淡抹、衣着素雅地行走在路上时，甚至有二十多岁的帅哥和我搭讪，我便会心情大好一整天，还有比这更动听的赞美吗？

（4）

前天晚上看的《诗经》，是我十八岁那年送给自己的生日礼物。书里掉出一张发黄的纸片，上面写着：我的心你来过，你的心我去过，只是岁月的沙会一点点掩埋我们的足迹，让我们再也找不到彼此。我再也不相信爱情了。

我想了半天，也没想起自己是在什么情况下，写下这么深情的话。估计很多人都曾说过这样的话，可是，后来呢？

后来我们依然相信爱情，找到了那个缘分天定的人。

爱情是多么美好的事，你若遇到对的那个人，便会从此明眸善睐，从此言语温柔，只愿生生世世，与他共白首。夜幕降临，你匆匆走在回家的路上，想到万家灯火中还有他在等待，嘴角会露出温柔的微笑。

日本有一位知名诗人，九十八岁出版处女作诗集《人生别气馁》，发行量达到一百五十万册。她在诗歌中写道：就算九十岁，也要恋爱呀。这位老太太每天都精心化妆，镜子、口红随身携带，近百岁高龄依然讲求衣服搭配。

是呀，就算九十岁，也要恋爱呀。

爱情，应该是我们一生一世的信仰。一生那么久，那些两心相许、两情相悦的时光，会是你人生中经年不变的美景。

记得绿罗裙，处处怜芳草。

亲爱的，化个妆，换上漂亮的新衣，蹬上高跟鞋，去外面走走吧。说不定，在街角拐弯处，一直在寻你的那个他，一下子与你撞个满怀。

# 出过轨的婚姻，还要不要继续走下去

夜已深，我正要去睡，手机响了，一位叫叶子的文友发来一段语音。

叶子结婚十几年，和老公胼手胝足，从一无所有到有房、有车、有公司，还有一双可爱的儿女。本来，日子是明媚的，可是叶子的老公出轨了。

或者，这就叫饱暖思淫欲吧，夫妻俩穷时一条心，有了钱反而走到了这一步。

叶子提出离婚，他老公苦苦哀求，求她给自己一次机会。他说自己只是一时冲动，没有抵挡住诱惑，保证再不会有下一次了。

其实叶子也舍不得这份感情，她说老公就是她的半条命，如果真的失去他，自己肯定活不好。

这次风波后，叶子的老公对她和孩子比以前更好，用力弥补自己的过错。

他们，却再也回不到从前了。

叶子对老公没了信任，只要他晚回来一会儿，就疑神疑鬼。开始的时候，他还解释，后来就干脆沉默。他只用行动表达对叶子的爱，再也不像以前那样卿卿我我、叽叽歪歪。他们的相处再也不像以前那样有说不完的话。

两人在婚姻的围城里，痛苦地坚守，却又不愿分开。

叶子问："我快要崩溃了，你能告诉我该怎么解脱，我该怎么办吗？"

我沉默了一下，和叶子说："我觉得你应该给他一次机会，你们完全可以重新来过。"

手机那端，叶子如释重负地出了一口气，试探着问："为什么呢？"

为什么呢？

因为我听出她根本不是想离婚，只是想找一个人倾诉一下心中的愤懑。就像林忆莲歌里唱的一样：我对你仍有爱意，我对自己无能为力。因为我仍有梦，依然将你放在我心中。

而那个男人，愿意把污点洗白，握着她的手走下去，这样的婚姻委实还不够判离的条件。

那么，什么样的婚姻不能继续走下去呢？

几天前，一位远在美国的姐姐倒好时差，跟我用微信煲"电话"，倾诉她的故事。她说自己有二十年婚龄了。十六年前，她带着孩子出国，国内的丈夫却始终不肯移民，只是偶尔来度假。

后来，她听国内的朋友说，她老公几年前就和一个离了婚的女人同居了。没有向她提出离婚，估计是想把她这里当条后路，哪天国内混不下去了，国外还有锦衣玉食等着他。

这位姐姐直接和老公摊牌，问他是选择和那女人断了，还是选择离婚。他老公痛哭流涕，说自己只是因为一个人在国内寂寞，才做出了对不起她的事。他保证不再和那女人来往，尽快去和他们母子团聚。

结果，拖拖拉拉过了三年，还是什么都没改变。

这位姐姐决绝地说，这次她再也不忍了，她一定要离婚。我毫不犹豫地说“好，我赞成”。

不是说宁拆十座庙，不拆一桩婚吗？可我为什么支持人家离婚呢？

上个月，我参加了MBA班的培训。老师说，你们都是单位的骨干，单位花了重金让你们来学习，希望大家珍惜这次机会。我一定会认真把我的课程教授给大家，同时也要求你们必须认真学习。我在讲台上喊破喉咙，你坐在下面却一点儿不往心里去，培训结果注定失败。当然，最终你也不会拿到好成绩，你的职位会受到影响，你会被淘汰出高管的队伍。

是的，你永远无法叫醒一个装睡的人，也无法感动一个不爱你的人。

就像两个共舞的人，只凭一方努力，另一方始终不配合，肯定跳不出优美的舞姿，除了踩脚还是踩脚，这样的舞伴还留着干吗？

但只要两人还朝着共同的目标努力，你退时我进，我进时你退，终会磨合成好看的舞步。哪怕曾经踩过脚，有过痛，也可以不放弃，不分离。

众生皆在修行的路上，婚姻何尝不是我们的道场？

起初的时候，我们总是把婚姻想象得过于完美，总以为结了婚便是琴瑟在御，莫不静好。

慢慢地，我们才会懂得，婚姻除了责任和美好，还会有伤害和包容。伤害固然痛苦，但是只要还可以修复，就不要轻言放弃。

当你在茫茫人海中行走时，发现所有的行人都是千人一面，只有他那张脸能让你感到亲切和踏实，能让你想起你和他的第一次约会、说过的第一句情话、羞涩的第一次拥吻。

毕竟，用你的整段青春来爱他，是你这辈子最奢华的事。

婚姻是一座城，谁说不能推倒了重筑。两个肯努力的人，一定能在废墟上重新建起一座新城，开出遍地鲜艳的花。

# 婚后，遇到两情相悦的人怎么办

有人在我的公众号后台留言："苏心姐，我爱上了我的同事，他也很爱我，可是我们都有家庭。我们拼命克制着这份感情，每天上班遇到时，都只能痴痴对望，不敢越界。我好痛苦呀，错误的时间遇到对的人，你能告诉我该怎么办吗？"

这个问题岂是三言两语能回答的，还是讲一个我同学的故事吧。

多年前，我的同学R还待字闺中，是一个非常活泼开朗的姑娘。她竟然和单位的一个已婚男人相爱了。

她爱得满心欢喜又战战兢兢，这份不敢见光的爱情把她折磨得痛苦不堪。她经常半夜三更给我打来电话，一句话也不说，只默默地哭。我知道她心里苦，却也无法劝解。这份感情，进一步是错，退一步又不愿，我岂能奈何。

不知道是在一个怎样的情境下，R和那个男人越过了雷池。R开始逼婚，男人开始沉默——妻子对他很好，女儿更是乖巧可爱，他怎么忍心抛弃她们？

后来，他们的事被传得沸沸扬扬，终于传到了男人妻子的耳朵里。她找到R，当着全单位人的面，打了她一记响亮的耳光。

R再也无法在单位立足，辞职去了珠海。

一晃多年，我再也没有见过R，只听说她至今未婚，连春节都不回来。

而那个男人，我偶尔遇到过几次，一脸沧桑，早就没了当初的神采飞扬。想他在那个千疮百孔的围城里，日子也并不好过吧。

我的文友S，是上海一家跨国公司的部门经理。因为信任，她给我讲过她的故事。

七年前，她被公司录取。那时，她结婚一年多，丈夫在另外一座城市打拼。

作为一个刚来公司的新人，她有些艰难地适应着新环境。她的同事，大多是精明能干的女子，表面上一团和气，却在背后排挤她。还好，她的上司是一位温润如玉的中年男人，总是善意地提醒她该怎么做。

实习期结束时，S顺利通过考核。慢慢地，S发现自己对上司的感情发生了变化。虽然上班很辛苦，但她每天最快乐的事就是上班，坐在公交车上，她是那么渴望早点见到那个人——她无可救药地爱上了他。

好在聪明如她，知道这份在错误时间里出现的感情意味着什么，纵然再爱，也只把这份感情埋在心底，掩于唇齿间。

S的上司也分明读懂了那炙热目光背后的含义，但他从来没有表露过一丝痕迹。

四年后，他自愿提出去海外事业部开疆拓土，在部门里业绩最突出的S毫无悬念地接替了他的位置。

她却高兴不起来，自己心心念念的男人要走了，以后连见一面都难。S感觉自己的心被掏空了，可是，她又能怎样？

在送行的机场，他挥手和大家告别，转身离去。S忍不住大声喊了一句："有空打电话！"他回过头来冲她微笑，她分明看到了他眼角的泪。

如今，S早已游刃有余地成了公司的骨干。那个她曾默默爱过的男人，虽然并不联系，但在她心底早就长成了一颗珍珠，时时散发着温柔的光。

她庆幸自己当初的克制，也感激他当初的装傻。她知道，他不是不爱，而是爱得太深。他压抑着感情，甘愿把自己打下的疆土拱手相送，成全心爱的人。

我还见过把婚外情变成婚内情的。

我有一对邻居，二人之前都有家庭和孩子，在麻将桌上日久生情，双双离婚结为夫妻。

结果，离的速度有多快，分的速度就有多快。两人结婚不到半年，就打得鸡飞狗跳，毫不犹豫地离婚。

一生太长，爱一个人或许很难。

对的时间遇到对的人，是一生的幸运。错误的时间难免会遇到两情相悦的那个人。也许，你会为爱疯狂，不管不顾；也许，你会默默克制住自己，把这份感情深埋。当你遇到挫折坎坷，感到疲惫无力时，想到这个世界上还有一双眼睛在默默守候着你，内心就会生出前行的勇气。

"问世间，情为何物，直教生死相许？"元好问的这一问，过去了一千多年，还没有标准答案。

而多年后，当你回首眺望那次围城外的心跳时，是痛恨自己的冲动，把日子烧成了一地灰烬，不由得长长叹息，还是庆幸自己当初的克制，让彼此的余生都有了岁月静好的况味，想起那个人时，嘴角上扬，心中满是缱绻的美好？

《一代宗师》里有句台词：“对于不恰当时候的人，该克制的，一生不越雷池。”

真爱，是责任，是恒久忍耐。

# 嫁给那个为你哭泣的男人

下了班正准备回家，看到阿芳坐在格子间里发呆。

我问："怎么还不走？今天不用加班的。"阿芳叹了一口气，眼圈红了："姐，我想静静，你先回吧。"

看着泪水在眼里打转的阿芳，我估计又是她那个帅男友招惹的。阿芳来我们部门不到一年，我已经见她哭过十几次了。

阿芳和她男友是高中同学，那时，阿芳就暗恋他。她拼命努力读书，终于和他考了同一所大学。

阿芳说，知道这个消息时，她都高兴得要发疯了。她喜欢这个帅气阳光的男孩儿，她要和他上同一所大学，要做他的女朋友。

大学四年，阿芳掏肝掏肺地照顾了他四年，男友对她始终不冷不热，不肯给她一个明朗的态度。

去年，阿芳来上班第一天，我曾和她男友有过一面之缘。

他是挺帅的，有点儿像吴彦祖，一脸傲娇地站在车边一动不动，就看着阿芳自己拎着行李箱往里走。

我恰巧路过，惊诧地看了两眼。后来，听阿芳说那是她男友，我心想：阿芳恐怕是这段感情中弱势的一方。

果然被我猜中。

阿芳说，从认识他到现在，他很少能带给她笑，更多的是带给她哭。就像美人鱼的舞步，她和他走过的每一步都踩在剧痛上。

安慰了一下阿芳，我回家了。

走在路上，我想起几天前，朋友在微信上发了一个“轻松筹”的帖子。他想让我捐点儿钱，说他同事的妹妹，非常可怜，结婚不久竟然查出患有白血病，男人迅速提出离婚，不肯再为她花一点儿医药费。

我和朋友约好去医院看望那个女孩儿。

女孩儿的病房在住院部三楼，我们刚出电梯，就听到楼道里有人在吵。原来是那个女孩儿的丈夫和婆婆，来逼着女孩儿签字离婚。朋友的那位同事也在，气得破口大骂，医生和护士都出来劝架。

那母子俩被推搡着走了，看着他们的背影，我忍不住骂：“这还是人吗？”

到了病房，看到那个女孩坐在病床上哭，我的心很疼，这么年轻得了这种病，还嫁了这么个混账男人，真是太不幸了。

病房里有两个病人，都是白血病患者。另外一名女子有三十多岁，刚输完液，一个男人一脸心疼地握着她的手在轻轻地揉。我和他对望的瞬间，看到他眼里有晶莹的东西闪过。我的心，不由得怦然一动——这个女子嫁对了人。

记得阿芳曾经很困惑地问我，她要不要嫁给那个经常让她哭泣的男友。

爱情是两人之间的事，我不敢多言。可我还是想说，爱情，是会让人流泪，但绝不是屡屡心碎的眼泪。

多年前，我也曾见过一个男人的眼泪。

才华横溢的他，二十几岁就出过书，也有一张骄傲的脸。一天晚上，我和他在公园散步。并没有恋人之间的那种温馨，我一直暗暗叹气，因为我对这份感情没有一点儿信心。

月光下，他突然拉着我的手说，他出身贫寒，家里兄弟姐妹多，小时候，经常见到父母为日子发愁。他们兄弟几个先后上了大学，毕业参加工作后，家里的生活才慢慢好起来。

他说，他一定能给我一个好未来，他不怕吃苦，不怕受累。他出版的第一本书都是晚上熬夜写的，收入应该够我们结婚用。

说着说着，他已泪流满面。

我的心，瞬间变成绕指柔。我们紧紧相拥。这个世间最美好的事，莫过于你拥抱一个人时，他会把你抱得更紧。

那一刻，世界都静止了，只有彼此的心跳。

后来，他成了我的老公。

如今，经历了太多世事的我，早已懂得了那份眼泪和真诚背后的珍贵。

如果一个人爱你，他会怎么做？答案或许有很多个。但是，那个在你面前流泪，把自己最软弱、最不堪的部分展示给你看的男人，那个因为心疼你而哭泣的男人，对你一定付出了真情。

这样的男人，他永远都会觉得自己给你的不够，还想给更多，他会让你懂得被爱的幸福。他像一轮冬日里的暖阳，时刻挂在你的天空，让你一想到他就感到温暖和踏实。世事无常，他会有常。

如果嫁，就嫁给那个为你哭泣的男人吧，不要去勉强一份常常让你哭泣的爱情。

总是让你哭泣的男人，最多把你当成一棵树，他还会去看整个森林。而为你哭泣的男人，一定是把你当成了他的整个森林，他的眼里再无旁人。

## 愿你，遇到一个无须取悦的人共度一生

微友阿丽在微信上和我倾诉，自己和丈夫是在一家工厂打工时认识的，两人一见钟情，谈了一段时间恋爱便结婚了。婚后不久，阿丽生下一对双胞胎，就辞职专心在家带孩子。阿丽的娘家离得远，帮不上什么忙。婆婆呢，除了高兴了来看看孙子，基本没为阿丽做过什么。

阿丽的丈夫靠打工实在难以养家，就自己买了一辆小货车做起了运输。生意竟然顺风顺水，阶梯式发展，几年时间，从一辆运输车发展成了一个小型运输队，阿丽的丈夫也俨然一副小老板的气派。

盼得一双儿女上了小学，阿丽的青春也只剩下个尾巴了。

七八年时间，阿丽从那个青春无限的姑娘变成了黄脸婆，这倒不算啥，变化最大的是她在家庭中的地位。刚结婚那会儿，阿丽在婆家还是很受重视的，大事小事丈夫都是和她商量着来。

可是，渐渐地，阿丽发现家里的好多事自己都不知道，婆家的人越来越不把她放在眼里。大姑小姑来了，看到喜欢的东西就直接拿回家，从来不跟她打声招呼。阿丽和自己的丈夫诉说，他冷冷地说：

“都是我挣来的，你管呢！”

阿丽的婆婆经常说风凉话，说家里养着个白吃饭的，除了生孩子啥都不会，大姑小姑也跟着帮腔。阿丽为了家庭和睦，只得忍气吞声，拼命讨好婆家人。

每天做饭洗碗都是阿丽的活儿，大姑小姑一高兴，经常带领全家来吃，吃完抹嘴就走，阿丽还得强装笑颜相送。丈夫更是一副大爷的样子，整天对着阿丽颐指气使。

阿丽很气愤、很无奈地和我诉说这一切。

隔着网络，我似乎听到了她的哭声。只身远嫁，年至老大，无知识，无技能，无姿色，除了靠取悦婆家一干人等维系着婚姻，自己不知道还有什么路可走。

我一声叹息。

女人，在婚姻里放弃了成长，一如士兵扔了器械，剩下的一切就只能尽人事听天命了。

可是，世上的婚姻有千万种，不仅有阿丽这种委曲求全的，还有阿敏那样恣意行走的。

阿敏是我在培训时认识的一名广州女孩，最初她在一家民营企业做HR主管。那里人事关系复杂，她经常莫名其妙地被卷进一场场是是非非中，几次被人算计，被迫辞职。

这个女孩和我一样有一颗玻璃心，一次打击让她调整了好久才缓过来。老公心疼她，让她调整好了再说，愿意工作就工作，不愿意工作就在家里待着。这一待，就是两年。

朋友圈里，经常见到阿敏各种秀，秀美食，秀美景，秀手工。我偶尔和她聊天，忍不住问，你久不出来工作，可别跟不上时代的脚步，被你老公嫌弃呀！阿敏哈哈大笑：“不会，他根本就不愿我出来工作，舍不得我受气，他说愿意自己多吃点儿苦养我一辈子。”

我曾对她的话半信半疑。

去年，阿敏到了一家合资企业，继续做HR主管。一次会议，我们遇见了，申请住到一个房间。晚上，她和我聊起她的家，她的老公，那个无论她怎样都把她当作宝贝的男人。

她说自己在家待着的这两年，老公没有抱怨过一句，总是早早起来做好早餐，自己吃完上班，再给阿敏热上，等她睡足了起来吃，工资卡一直交给阿敏，对阿敏的开销从不过问。

阿敏的眼里闪着光，我看到了爱的信仰。她满溢幸福的笑脸，让我对婚姻有了新的解读。

我知道，如果我失业，我的老公短时间内也不会给我脸色看。但是，我不敢保证自己在家玩两年，老公待我还会温柔如初。所以，我从不敢放弃努力的步伐，不敢去揭开婚姻的另一副面纱，我怕看到我最不愿看到的千疮百孔。

都说婚姻是女人的第二次投胎，其实也是女人的一场豪赌。我们把自己全身心地交付给他，不期待什么豪车豪宅，不奢求什么“随便刷”，只希望在我们命运低潮最无助、最软弱的时候，他能够给我们一双有力的手、一个温暖的怀抱，说一声：“不怕，我在。”

愿得一人心，白首不相离。

于女人而言，青春年华时被几个男人爱过并不值得骄傲，骄傲的是，会遇到一个男人一辈子都把她放在心上。

你是宝，他爱你；你是草，他依然爱你。他就像你的卫士，随时保护着你，和你共同承担命运，让你感受到这个世间最安心的暖。

唯愿你，遇到一个无须取悦的人共度一生。

# 要么给我爱，要么给我滚

下班出门，同事安安喊住我，要搭我的车。

上了车，看她神情不对劲，我就问她怎么回事。安安忍不住抽泣起来：“姐，我就是想和你说会儿话，心里憋屈。”

安安是我们单位最温柔的女孩，永远都是浅笑盈盈的样子，大家都说，以后谁娶了她谁有福。

可是，安安的感情道路并不顺利，一个男友谈了几年，分了合，合了分，反反复复地折腾。

我赶紧问，怎么啦，不会是又失恋了吧？安安哭了出来，是呀，姐，我男朋友又跟那女的走了。

安安的男友在和安安之前，追了一个女同学两年，对方没给他一点儿希望。他心灰意懒，便和一直喜欢他的安安在一起了。

那女孩儿一看追自己的人走了，马上就放下架子主动示好，安安的男友连个“对不起”都没对她说，就奔着那女孩儿去了。安安整日以泪洗面，看着让人心疼。

后来，不知怎的那个女孩儿又反悔了，安安听说后赶紧去找她前男友，用柔情“感动”了他，两人继续在一起。他们的感情有一段时间升温很快，甚至开始谈婚论嫁。

谁知，那个女孩儿不知抽什么风又回头了，只一个电话，安安的男友就把持不住了，不顾安安的苦苦哀求，竟然又回到那个女孩儿身边。这次，我们都劝安安有点儿骨气，找个两情相悦的，不要只盯着那个男人。

可安安自己走不出来，外人再怎么着急都没用。我劝了几次，她都满脸执念，说：“姐，我这辈子就爱这一人。”

呵呵。你再爱他，他不爱你有什么用？你这么好说话，他说来就来，说走就走，会一辈子把你当成备胎。

那段时间，安安消沉到了极点，都有了出家当尼姑的念头。不久，那男人再次被分手。他给安安打电话问：“你还爱我吗？”安安拼命点头：“爱，我永远爱你，爱一辈子。”

大家太替安安不值了，但以为这是最后一次折腾了，好在结局还算“圆满”。谁知道，他，还是飞了。

其实，那男人就是吃准了安安，才这样有恃无恐。爱情的世界，真不是比温柔、比痴情的。

上大学时，我们班有个帅哥，和一个特别喜欢他的女孩儿谈恋爱。那女孩儿差点儿把自己当成他妈，给他洗衣服，给他打饭，自己舍不得买件像样的衣服，给那男生花钱却从不心疼。

但那男生并不领情，总是一副高冷的模样。可在另一个妖精般的女孩儿面前，那男生却一点儿不拽，满脸谄媚讨好。

有一次，那女孩儿和我说：“苏心，我男朋友对别人好，我跟他吵，他要和我分手，该如何是好？”

我笑：“让他走哇。”她一脸沮丧：“可是，我爱他，没有他我怎么活？”

是呀，没有他怎么活？他不爱我，我该怎么办？

这样的话，我听到的次数越来越多，也越来越懂得很多卑微爱情后面的那份心碎。

我的公众号后台，经常看到这样的留言：“苏心，我男朋友和他前女友一直保持联系，我感觉得到，他的心根本就没在我这里。我好痛苦，想和他分手，却又放不下这份感情，你能告诉我怎么做吗？”

是的，感情面前，谁的心能够任由自己做主，想爱便爱，想忘便忘，收放自如？

可是，你心里记着海誓一程、山盟一程，他记住的，却只是别人的好、别人的笑。你把他当成你皈依的城，他却吃定了你，总是“身在曹营心在汉”。哪怕他给了你婚姻，也总是让你活在患得患失中。

有一段时间，我迷上了一个电视剧，里面有位千娇百媚的女主角，她给小女生传授恋爱经验：上赶着的不是买卖，你别总是黏着他，要冷落他，让他若有所思，又若有所失。窈窕淑女，君子好逑，求之不得才辗转反侧呢。

哈哈哈，我边看边笑，真是话糙理不糙。

是呀，你爱他超过了爱你自己，他怎会把你放在心上？他笃定无论怎样，你都会等他，他又怎会珍惜你？一份卑微的感情，会让你失去自我，穷形尽相。而高贵、优雅、体面才是女人一生最该保持的东西。

不要再做一个没有骨气的女子，你要和那个一想到你就满眼柔情的人在一起。

女人，最需要扔掉三样东西：过时的衣服，玩心眼儿的姐妹，把你当备胎的男人。

不要一次次给他伤害你的机会了。要么，让他给你纯纯的爱；要么，让他彻底滚出你的世界。

亲爱的，一生太长了，爱不能将就。他的心不在你这儿，强留只会徒增烦恼。

缘来不拒，情走不留。

愿你对过往一切情深义重，但从不回头。他走了就走了，好走不送。

记住：不见，不贱。

# 愿你，既有钱，又有人陪伴

那天，我去一家公司找一位老总谈事情。秘书小姐让我在会客室坐一会儿，她说老总正在自己的办公室接待客人。

我坐在沙发上玩手机，过了很长时间，还没有人来叫我过去。老总的办公室我去过，和会客室在同一层楼，我百无聊赖，站起身在楼道里溜达。楼道尽头，隔着落地玻璃门，我看到那位老总和一个小孩儿玩得正high。旁边一位端庄秀气的女子，满脸柔情地看着他们。

我猜那应该是老总的孩子和妻子。我静静地看着那个画面，感觉特别唯美。

老总抬头看到了门口的我，双手合十致歉，和孩子做byebye的动作，可是小孩儿就是不肯走，和他纠缠着。那位女子抱起孩子，小孩儿在老总脸上使劲亲了几下。

母子俩恋恋不舍地出来，老总送到门口，亲了一下孩子说：“宝宝，和妈妈回家哈，爸爸上班给你挣钱买奶喝。”

看着母子俩的背影消失在电梯间，老总的目光才收回来。我对他说：好有爱的一幕哇，是您妻子和孩子吧？

那位老总一脸幸福的陶醉样："是我第二个孩子，老大读初中，这个刚刚一岁半，每天都过来玩一会儿。"我有点惊诧："每天？您那么忙，天天陪孩子玩？"

老总感慨："每天晚上我回去的时候孩子都睡了，早上我出来的时候他还没醒，我就让他们母子白天来玩一会儿，多忙我都会抽时间陪他们。一个女人天天自己在家带着孩子，可孩子连爸爸的面儿都很难看到，我挣钱是为了让家人过上好日子，如果他们不开心，我的努力就毫无意义。"

那一刻，我心里既感动又震惊。

这些年，我见过好多所谓的成功人士，都是忙得不可开交。而陪伴家人这件事，几乎没有人排到日程表上去。

记得上周一个深夜，对门传来哭闹的声音，把我从睡梦中惊醒。我侧着耳朵听了听，是对门的夫妻在吵架。

对门的男主人是一家房地产公司的老板，平时神龙见首不见尾，很少遇见。女主人因为家里条件优渥，早就不工作了。他们只有一个儿子在读高中，平时住校，周末才回家。

那位大姐每天不是开着豪车逛街，就是待在麻将桌上。她每次看见我，都会露出艳羡的神情："苏心，你过得这么充实，真好。你看我，每天一个人对着一座大房子，家里掉根针都能听到。"

我便安慰她："姐，我还羡慕你呢，养尊处优，我整天熬夜写字换钱，常年顶着黑眼圈。"她总是好脾气地拥抱我一下，叮嘱道："注意身体呀，有空来我们家玩。"

大半夜被邻居吵醒，再无睡意，我干脆起来去劝架。

走到楼道里，听到那位大姐正哭诉："你天天半夜三更回来，一大早就走，看到个人影都难。每天出来进去就我一个人，不到周末不开伙，这哪像个家？"

男的也不甘示弱：“我那么忙还不是为了你和孩子？公司多少事，你不帮忙也就罢了，还添乱！你名牌穿着，豪车开着，还有啥不知足的？真是无理取闹！”

大姐嚷：“我不是不体谅，可有些忙根本就是你的借口。就拿今天晚上来说吧，你组织小学同学聚会，不就是为了显摆你有钱吗？还唱歌到半夜三更，你心里有一点点这个家，有一点点我吗？”

一听大姐揭短，我就不好敲门了，悄悄退了回来。

我曾经在微信上看到过一句话：“最好的爱是陪伴，最最好的爱是陪伴，最最最好的爱，还是陪伴。”

是呀，我们要生存，要吃饭，要穿衣，要离开家人去挣钱，陪伴家人的时间就少了。

可是，我们真的有那么忙吗？多少场合不过是几个狐朋狗友凑到一块儿，扯几句闲话，再吹个牛皮，吃完饭一切都烟消云散，根本与事业和生存无关。而很多夫妻的感情，就是在这样日日的疏离中渐行渐远的。

其实，你哪里会忙到连与爱人见上一面都难的地步？你看看国际上某些国家的领导人，他们最深情的瞬间都是和爱人肩并肩、手挽手，你难道比他们还忙？

是的，生活需要钱，需要你在外打拼忙碌。但再奢侈的生活，少了爱人的陪伴，也不过是一张黑白图片。只有你和他同框出现，彼此经年陪伴，才是世间最动人的彩色风景。

所谓生活，就是生起火来过日子，一地葱皮，满屋子热气。所谓爱，就是天天陪他一起吃饭。所谓幸福，就是重复昨日过往，听他无数次说起童年的趣事，每年各种节日都和他一起度过。

亲爱的，愿你既有钱，又有人陪伴。他待你如初，疼你入骨，所有的深情都不枉付。

## 分手秘籍：一别两宽，各自欢喜

朋友圈被郭德纲和他前徒弟曹云金的互撕刷了屏。

先是郭德纲公布了德云社的最新家谱，何云伟和曹云金不在里面。这引起网友一窥德云社隐私的欲望。

紧跟着，曹云金也不甘示弱，发出了长文——《是时候了，也该做个了结了》，道尽一个小长工的苦水。

几个群里，大家都对此事议论纷纷，猜测这些表象背后的真相。有人说郭德纲的林林总总，有人说曹云金的是是非非。反正也没人真正了解，大多不过是猜测而已。

对于这种互撕的事，我一般保持沉默。心理不强大的我，哪怕被人家欺负到头上，也会躲开，没有跟人开撕的勇气。

因为我知道，所有互撕的结果，都是两败俱伤，很少见到哪一方能够得胜。这种杀敌一千自损八百的事儿，劳神又伤身，最好一辈子别碰上。碰上了，就是一场身心的煎熬和难以计算的损失。

记得两年前，我一位朋友在一家公司任高管，与老板数次意见相左后，愤然递交了辞呈。老板在辞职报告上签了“同意”二字，便安排人力资源部门办交接。

按理说，职场这种情况委实多见，合则聚，不合则散。可是，事情偏偏有了小插曲。朋友离职那天，正在公司提供的公寓里收拾东西。那位人事经理不知吃错了什么药，一大早带着部门的几个下属，拿着相机跑去拍了一大堆照片。意思是屋内的东西都是公司的，走时看看会不会少。

真真是可忍，孰不可忍。朋友一气之下删除了原本想交接的资料，开车回家。几日后，一纸诉状，我朋友把公司告上了法庭。

朋友是谁？职业经理人哪，懂得最多的就是劳动法。那些素日里的加班费、各种不完善的保险，只要《劳动合同法》里有的，公司没有执行的，都成了罪状。

打官司是劳神又耗时的，几次开庭、调解，再开庭，便过去一年多了。

最后，朋友拿到有限的一些补偿金。原公司呢，耗费了大量的人力物力，用了那么长的时间，做了既无关提升管理，又不利于经营的无用功，白白给企业增加了不必要的成本。

而我那位朋友，大好的时光纠缠在这些烂事上了，对于一个中年人来说，近两年的时间胜过黄金万两，实在太不划算。

两千多年前，孔老夫子就说过：“君子绝交，不出恶语。”

其实，不单单是为了维护君子的形象，还为了不给自己埋下祸端。因“告别”这个环节处理得糟糕而惹来的麻烦，绝对是罄竹难书。

且不说当初在一起时，有过相看两不厌的时光，只说都到了分开的份儿上，即便装也要装出“祝您走好，前途无量”的样子。山水有相逢，说不定那个意味深长的“byebye”，日后也会为自己带来好运呢。

至于分飞的劳燕，更是要多出几分真心祝福才是，毕竟曾经深爱过。不应有恨，只是无缘。

近两年，娱乐圈的明星也学乖了，哪怕在家里打得鸡飞狗跳，人前也是一副谦谦君子、窈窕淑女的形象。

“这一路上，我们努力地走过，走不动的时候，要有停下来的能力。”

“愿你好，祝我安。”

“我还好，你多保重。”

分道扬镳时大多是两两祝福，保持着彼此好看的姿态。当然也有分手时互撕的，但除了给围观的群众增加点儿茶余饭后的谈资之外，回过头来还得自己默默拾起一地破碎。

也许，有人认为指责和撕扯会令对方感到内疚。事实上，这只是一厢情愿。除了激怒对方，把事态带入更坏的境地，不会带来任何有利的改变。

分手时，就算做不到相互祝愿，说一句“走好，不送”也行，从此我是你的路人甲，你是我的路人乙。

所谓潮来潮往，兜兜转转，谁知道在哪个场合会再遇见。好多人，都是因为在分手时给对方留足了面子，便一直成为前任（前伙伴）的心头好，关键时刻对方甚至会为了你两肋插刀。

而人生这个舞台上，难免会有告别的戏码，没必要非得撕一场再走。道不同不相为谋，长路漫漫，从此江湖路远，不必再见。

不如，就让我们表演一个“一别两宽，各自欢喜”的美好桥段吧。

# 男人戒不了色，女人戒不了爱

有位叫莉莉的朋友在我的公众号后台留言：苏心，前段时间我们高中同学聚会，我遇到了初恋。吃饭时我俩坐在一起，大家都起哄，他一脸柔情地看着我，让我以为又回到了从前。

那一刻，我没有一点防备地陷了进去，我再次爱上了他。

后来，我们成了情人，在他怀里的时候，我好满足哇，感觉他这些年一直在我身边，从未走远。我想回到从前，光明正大地做他的爱人、他的妻子，而不是像现在这样偷偷摸摸。我要离婚，和他结婚。

可是，上次我们在一起时，我和他说了我的想法，他一点儿都没表现出高兴的样子，先是闷闷不乐地抽了半天烟，然后也没和我亲热一下就走了。

莉莉很伤心，自己都做好离婚的准备了，初恋情人竟然是这样的表现。

她一直问我，这究竟是为什么？

我不忍心伤害她，就含糊地回答，或许是他心情不好吧。莉莉不死心，给我发了好多条留言，非要一个水落石出的答案。

我只好实话实说了。

你遇到的男人贪图的是色，付出的是荷尔蒙，与爱情什么的根本没有什么关系。而你，动了心、动了情，你付出的是爱。

男人要的是一时欢愉，女人要的是一世相守，不在一个频道上，当然一言不合就分开了。

这种感情，开始的时候，大多带着耀眼的光环，让人看到的都是美好。但最终带给人的，一定是锥心刺骨的疼痛。梦醒时分会非常痛，非常痛。

我有一位邻居，是个单身女子，长得很好看，就是从来没看她笑过。我们经常在电梯里遇到，每次都是我主动和她打招呼。

一天晚上，她醉醺醺地来我家敲门，说她不小心割破了手，问我家有没有纱布。我看她手腕上有一道伤口，吓了一跳，看着不像意外，应该是自己割的。好在不深，血流得不多。我赶紧让她进来，给她包扎。

我问她怎么回事，为什么好好的想不开。

她哭了，和我讲了她的故事。

她家在外地的农村，在我们这里读完大学就留了下来。

三年前，她去了一家新公司上班，部门经理是个女的，颇有灭绝师太的风范。她每天上班都战战兢兢的，感觉自己在熬日子。

一个加班的晚上，她回家时错过了最后一班车。正站在路边着急，一辆小车在她身边停下，是他们公司的一位高层。

她欣喜万分地坐上领导的车，相谈甚欢，很快到了家。

后来，那个男人经常送她回家，她发现自己竟然不知不觉爱上了他。从前感到煎熬的上班时光，从此也变得很快乐了。

在她又一次加班回家时，他送她上楼，上演了老套的故事情节。虽然她也知道那个男人有家庭，但她无法控制自己的感情。而且那个男人说过要离婚，她便一头扎了进去。

她当然是奔着结婚去的，可那个男人随后一说到离婚就顾左右而言他。她曾不止一次下决心要和他断了，但根本控制不住自己的心。

她说，自己在人多的时候想的是他，无人的时候想的还是他。她为他心甘情愿地卸下全身的铠甲，付出低到了尘埃里的爱，却没有开出一朵花。

她边说边哭。我除了给她递纸巾，竟然不知该如何安慰。劝她放下这段感情？她如果肯，不用劝也早就放下了。顺其自然？那就是让她当一辈子“小三”了，这样的话纯属废话，不如不说。

唉！自古多情空余恨，南柯一梦独难醒。

她哭够了，说够了，起身和我告辞。过了几天，我在电梯里遇到了她和那个男人，很帅气很有男人味，只是在他脸上我看到了一丝轻佻。

我低下头玩手机，装作不认识他们。

我知道，这个男人根本不会和我那位女邻居结婚，他的眼里，看不出一点点真诚。而真正爱着的人，会把爱情当成信仰，会让你读懂他的虔诚。

多年前我看过一个电视剧，对里面的一段剧情印象很深。

美丽的女主爱上了一位已婚男人，那个男人也喜欢她，二人只是暗生情愫，并未挑明。一次，女主喝多了，让男人送她回家。二人独处一室，女主在男人怀里哭得一塌糊涂。男人的脸上是百般克制的表情，看得出，他是在拼命压抑自己的欲望。后来，女主睡着了，他为她盖好被子悄悄走了。

那一刻，我看到了真爱。

当一个人真爱你的时候，他会站在你的角度考虑问题，他宁可伤害自己，也不愿伤害自己爱的人。

是的。每一个人在成年后，都在寻找真爱，寻找自己的另一半。而人们在这个找的过程中，会遇到烦恼，遇到忧愁，也会遇到伤害。

可是，一个真正值得爱的人并不是很容易找到，更多的是穷极一生也遇不到。

电视剧里的情景，多数是被编剧美化了的，只供想象。

而真实的剧外呢？

现实中，更多的却是不克制，不隐忍，最后燃烧成一地难以收拾的灰烬。这种故事每时每刻都在上演。

没办法，男人总是戒不了色，女人总是戒不了爱。

# 我懂你的苦，所以不劝你离婚

今天，有人在公众号后台给我留言：苏心，我刚生下第一个孩子时，我老公就出轨了。我和他一直吵，可不敢离婚，孩子小，我也没有挣钱的本事，就想用孩子套住他。

我现在又生了一个孩子，还不满周岁，可我老公一点儿都不知道收敛，反而更加肆无忌惮。他很少回家，只是每个月给我们母子三人五千块钱生活费。我的婚姻早就是一潭死水了，我想离婚，又怕离了婚没法生活。你能告诉我该怎么办吗？

她很抑郁，一直问我该不该离婚，说在这样的婚姻里真是生不如死。

我问她："你怎么不出来工作，为什么感情不好还生二胎呢？"

她说自己从来没上过班，中专毕业就嫁人了。如果出去上班，都不知道自己能干点儿啥。

我说："既然如此，你还是先不要离婚，还是先考虑怎么能养活自己吧。"

她不高兴地说："我以为你会劝我离婚呢。"

我苦笑。

女人最狼狈的时候，就是带孩子那几年，没有自己的时间，没有收入，更没时间打扮自己，还容易被嫌弃。我也是从那个时期过来的，我懂。

我不是不想劝你离婚，可是，离了婚你靠什么生活？当断则断的婚姻不是人人都离得起的。一言不合的朋友可以绝交，一言不合的同事可以不来往，但是，没有生存能力的你，我能劝你一拍两散吗？

还有一位朋友给我留言：“苏心，我结婚十年了。因为婆家条件好，让我辞去了当老师的工作，在家做全职太太相夫教子。当初我贪图他家物质条件，婚后发现丈夫和我根本没有共同语言。我很痛苦，也很孤独，我想离婚。可房子和财产又都在我公公名下，离婚的话，我一点儿东西都分不到。生活没保障，我不知该怎么办。”

我建议她和老公慢慢培养感情，毕竟，那个男人对她还好，一直为她遮风挡雨。

她却不高兴了，甩了一句：“还以为你能给出什么好意见呢！”

我叹了一口气，想起一个故事。

古时有一个地主家的小姐，到了要出阁的年龄，媒婆上门说媒。东家和西家各有一个小伙子，东家的小伙子家底殷实但貌丑，西家的小伙子长得帅而家穷。地主拿不定主意，就问他们的大小姐如何选择。大小姐说，我能不能吃在东家，睡在西家呀？

呵呵。

当初你选择的时候，只贪图物质了，现在又要精神。好吧，每个人都有追求精神愉悦的权利，可是，你得想法让自己先经济独立呀！离婚后你还要付孩子的抚养费，你拿什么给，你又怎么养活自己？你想过这些没有？

其实，像她们这种留言，我每天都收到好多条。我并不好为人师，也难以给出具体的意见，毕竟“家家有本难念的经”。我只能告诉她们，生存是第一要义。

鲁迅先生不也说过，经济不独立的娜拉，出走之后的结果很可能还是回来吗？没有办法，外面的世界很精彩，却没有她的一口饭吃。回来之后哪怕是痛苦地活着，但总不至于饿死。

很多姐妹，在婚姻里，放弃了成长，以男人之姓冠她之名，作为此生唯一的追求。就像温水中的青蛙，没有危机感地享受着岁月静好，当水温逐渐变热，不再适合生存时，却没了跳出去的本领。

亲爱的，你自己早早选择丢掉了翅膀，我又怎敢劝你去天空翱翔？

我懂你的苦，才不劝你离婚。

如果你不喜欢我这么说，一心想跳出那座窒息的围城，你该怎么办？

就像作家六六说的那样：我每天增益自己，有一天当我失去一份感情的时候，我可以漂漂亮亮地走进新生活里。

所以，女人无论什么时候，都不要放弃成长的机会，好好护肤、健身、旅游、读书，变成最好的那个自己。不要把精力全部用在男人身上，等你变得更好的时候，你会发现所有的事情都变得容易了，包括你的感情，你的婚姻。

进，可以做贤妻良母；退，可以从容转身。只有这样，你才能把幸福牢牢掌握在自己手中。

何以解忧？唯有自救。

# 什么样的婚姻结束要趁早

出去办事的同事给我发来一段视频，我点开看时，吓了一跳。

一个跳湖自尽的年轻女人，被打捞上来放在湖边。旁边一位五六十岁的妇人呼天抢地，号啕大哭，估计是轻生者的母亲，看着让人心酸。

一会儿，同事从外面进来，还没等我问就气愤地说起这事。跳湖女人还不到三十岁，有一个三岁的女儿。丈夫出轨还家暴，女人提过几次离婚，都被她妈妈给劝住了：离了婚还能找什么样的？再找一个就一定好吗？这个起码是孩子的父亲，要是再遇人不淑，岂不是连孩子都害了？

在又一次遭遇家暴后，她万念俱灰，跳了湖。

同事说她妈妈边哭边骂自己是个老糊涂，后悔没有让女儿早点儿离婚，她下半辈子可怎么活？

我听了，半晌无语。

张爱玲说：出名要趁早。而我说：离婚要趁早。

我并不是鼓励谁离婚，而是我发现，出轨是对婚姻最致命的一击。若是过错方还死不悔改，这段婚姻基本就是绝症了，这样的婚姻不如早点儿放弃。

而对于夫妻没有共同的价值观、婆婆不好、小姑子挑拨、岳父母爱财等情况，我都劝和，因为这些不是原则性问题。

上周，文友美子在微信上给我留言：“苏心，我离婚了，终于解脱了。”

数月前，美子和我诉说过婚姻的不幸。她结婚五年，有一个两岁的女儿。男人在她刚生下女儿不久就勾搭上单位新来的一个同事。美子两年没上班，外面的情况也不知道。全世界都知道她老公出轨了，只有她被蒙在鼓里。

男人很少回家，理由不是加班就是出差。美子和老公要生活费，他也是一脸不耐烦，给很少一点儿钱，再要就急眼。

闺密实在看不下去，就把她老公的事告诉给了美子，让她自己长点儿心。

美子感觉天都塌了，她一直以为老公是工作压力大，没想到竟然背叛了自己。

美子旁敲侧击地问老公，他不肯承认，直到美子说出那个女人的姓名，老公才不说话了。但他满脸傲慢，一副“你爱咋咋的”的表情。他吃准了美子那时没有什么能力来制约他，孩子小，没工作，能把他怎么样？

美子也确实不知道该怎么办。离婚？女儿刚满两周岁，还不到上幼儿园的年龄，自己又没收入，离了怎么活？

然后他们就开始无休止地争吵，每次都以女儿惊恐的哭声收场。

女儿刚上幼儿园就表现出不合群，老师说孩子有轻度抑郁的症状。美子痛下决心，再也不要以“为了孩子好”为由伤害孩子。她果断地离了婚。

她说，或者眼前经济上会有些困难，但是钱能解决的事都不是事。自己大不了拼一些，累也比痛苦好。这样的日子还有奔头，还有未来可以憧憬。在那座没了感情的围城里，每时每刻都有种窒息的感觉。

像美子这样的婚姻，我身边也有，每次有人询问我的意见，我总是毫不犹豫地劝离。因为就算劝她们一直将就着，到最后，也不过是，除了伤害什么都没留下。

我有一位长辈，年轻时丈夫有了新欢，几次提出离婚。她死活不离，说既然他不让自己好过，他也别想好过。这么拖着拖着，两个人就老了。

如今，我经常在路上遇到那位长辈和老伴儿一起遛弯，一起买菜，邻居们都说，他们两口子闹了一辈子离婚，老了感情反而好了。

其实，真相呢？

前几年我母亲在世时，那位长辈还和她唠叨过：我们两口子吵了一辈子，一点感情都没有。我当初就想拖着他不让他好受，可他的心从来没在我身上，还不如早点儿离了。现在都快六十了，后悔也晚了，只能凑合着过吧，这一生算是白活了，唉！

从她的叹息里，我听出了“少年子弟江湖老，红粉佳人两鬓斑”后对命运不得不屈服的无奈。余生太长太寂寞，也只得和那个人搭伴同行。

得了绝症的婚姻，结束要趁早，这样，彼此起码还有未来可期盼。

别说忍着是为了孩子、为了老人。你连自己都过不好，又怎么能保护他们，给他们带来幸福？

《基督山伯爵》里面最后一句话就是，人生的一切智慧包含在这四个字里面，“等待”和“希望”。

只有离开了那个错误的人，你才能有机会找到那个对的人。

最近有一个很火的词叫“断舍离”，需要断舍离的，可不仅仅是一些不穿的衣服、过期的药品、可有可无的生活杂物，以及只知道有事麻烦你没事不认识你的所谓朋友。

我觉得最该断舍离的是：一个不再爱你的人，一段无法继续下去的婚姻。

## 婚姻怎么选都是错的，一直走下去就对了

闺密玲子和我在微信上有一句没一句地聊着天。

停顿了好一会儿，我以为她下线了，正要放下手机，她发来一段语音：我家现在就是战场，我和我老公天天吵，恨不得一时三刻离了。孩子也不安心学习，成绩下降了很多，这种日子，真是没法过了。

我问，为什么，是他有“小三”了还是你出轨了？

玲子发来一个白眼：想什么呢，你脑洞别那么大。就是三观不投，一言不合就吵，我说啥他都认为是错，都和我争执，好像是故意气我，我觉得自己都要被他气出病来了。真后悔当初嫁了他，林子对我那么好，我竟然放弃了他，我真蠢。

我不再说话。

这种类似的话我听很多人说过，甚至，我自己也说过。

记得那日，和老公大吵一架，我跑到姐姐家大哭：我受够了，当初瞎了眼跟了他，小白对我那么好，我竟然错过了他，我就是头猪。真是女怕嫁错郎，我要离婚，去找小白！

是的，曾经有一个男孩子追了我两年，被我拒绝了两年。我订婚时，听小白的哥们儿说，他喝得大醉，空酒瓶扔了一地。那样一个全力爱过我的人，却未曾打动过我。我只喜欢老公这一款，才华横溢。

姐姐哼了一声：算了吧，再让你选八次也不会变，你还是选他！

想想姐姐的话也确实在理，我就蔫蔫地回家了。

木心说，从前慢，一生只够爱一个人。

我的父母一辈子也吵过很多次架，但我从来没听母亲说过后悔嫁给父亲的话。

父亲年轻时参军，他的姨妈和我姥姥是邻居，从小看着我妈妈长大。她老人家很喜欢我妈妈，就把她介绍给自己的外甥。

爸爸和妈妈只见了一面，就定了亲。婚后妈妈随父亲去了军队，后来又转业回来，生儿育女，工作奔波，在一起生活了几十年，我也没听她说过“日子没法过了，要离婚”之类的话。

我的童年，物质虽不富裕，但父母浓浓的爱让我从未觉得日子艰难。

偶尔，父亲下班回家时，会变戏法般拿出一件毛衣，或者一块布料——那是给母亲的。每次，母亲都嗔怪父亲乱花钱，却又满心欣喜地试穿新衣，然后让父亲看。

多年以后，回想斯情斯景，我总是想到那句：妆罢低声问夫婿，画眉深浅入时无？或许，他们一生也不曾说过爱情，但是，他们的爱情，我见过。

母亲临终前，父亲握着母亲的手，不动，也不说话。母亲看着父亲说：“去理理发吧，头发都盖着耳朵了。”那是母亲此生对父亲说的最后一句话。

那日，我给父亲收拾屋子。日历上落满灰尘，停在母亲去世的那天再没翻过。上面写着一个很长的数字，那是父母一生相守的日子。

我的爷爷奶奶是媒妁之言，在婚前连面都没见过。奶奶十七岁那年，被爷爷用一顶花轿接回了家。从此，生儿育女，侍奉公婆。几十年来，奶奶吃过无数的苦，经历过太多生离死别的痛，九十多岁去世，也从未说过一句后悔嫁给我爷爷的话。

很羡慕上一辈人的爱情，没什么花前月下、海誓山盟，见了面就是一辈子，牵了手就是一生一世。貌似很平淡，其实是秋水长天。

上一辈的婚姻，根本没有什么选择，却少有离婚的，只要结了婚就死心塌地过下去。

而我们这一代人，多了选择伴侣的机会，却总是闪结闪离，总是后悔。选了美女，还惦记着才女；选了帅哥，还想着才郎；选了身边的，还思念着远方的。大抵，每个人在婚姻中都有过挣扎、退缩的时候吧。

可如果，回到从前，让你重新选择，你多半还会选择现在这个人。

其实，人生的每个阶段，都有每个阶段的认知，不必在三十岁的时候，悔恨十七岁的爱情。婚姻需要的是用心经营，慢慢磨合，适度妥协。爱从眼角出发，奔向鬓角，这貌似很短的距离，却需要一生的跋涉才能抵达。所有的情，都是从耳鬓厮磨中走出来，最终变成心疼和牵挂。

婚姻怎么选都是错的，只要过下去就是对的。所谓“过”，就是一寸一寸地走下去。

没什么天荒地老，不过是点点滴滴的积累。在相爱时，存下一点儿感动；在吵架时，懂一些让步。让目光专注，爱无旁骛，一心一意对待眼前人，将错就错，一错到底。

岁月一身袈裟，终将用爱度化。

当柴米油盐上开出了花，鸡毛蒜皮中写满了诗，日子吵吵闹闹地过下去，婚姻，就对了。

## 男人爱不爱你，就看这两点

周日，姐姐在微信上发来一串语音，说表哥和表嫂离婚了。可离婚竟然是表嫂提出来的，大家都感到不可思议。

表哥是那种传说中的成功人士，帅气多金，自己有一家房地产公司，资产早就过亿了。表嫂最初在一家医院当护士，后来表哥发达了，她就辞去工作，专心在家当全职太太。

刚开始的时候，表嫂表现出的都是欢喜，再也不用上夜班了，再也不用忍受呛鼻的来苏尔味了，再也不用听病人家属那些难听的话了。

等孩子考上大学后，每天都很难看到表哥的人影，家里大部分时间就只剩下表嫂一人。她开始觉得日子不对劲了，总是在朋友圈发些负能量的话。看得出，她虽然不差钱，但幸福指数不高。

一天，她给我打电话诉说苦闷，我正忙得四脚朝天，就没好气："你就是闲的才这么矫情，像我每天都忙得打仗一样，哪有工夫胡思乱想！"

被我呲过一次后，表嫂很少给我打电话了。

我和表嫂的感情一直很好，只是工作忙而疏于联系。听到她离婚的消息，我赶紧拨通她的电话，问是怎么回事。表嫂和我约定在一家咖啡厅见面。

一见面，我“哇”了一声：“表嫂，几个月没见，你变漂亮了好多，是不是去韩国做美容了？”

表嫂问：“很明显吗？你表哥都没看出来。”

她沉默一下，接着说：“按说你不能叫我表嫂了，但叫了那么多年习惯了，你愿意叫就叫吧。知道我和你表哥为什么离婚吗？在你们眼里，我住豪宅开豪车，养尊处优，还不满足，是不是认为我在作哇？”

我不置可否地笑。

表嫂幽幽地说：“有一天晚上，我一个人在家，忽然想到一些问题，老公多久没陪我吃过一顿饭了？我们多久没好好谈过心了？

“那天，我以为你表哥对我是视觉疲劳了，我决定去微整形，用美丽打动他。我去了韩国，回来后又买了好多衣服打扮自己，故意在他面前晃，他竟视若无睹。我以为我和以前没什么变化，可是所有认识我的人，一见面都说我越来越漂亮，唯独你表哥没有发现。

“他每天借口忙，很少回家，回来一趟也是来去匆匆，我知道，他的心早就不在我身上了。我和他谈过，他说我没事找事，大把钱花着还要怎样？

“我不想再过这种日子。我本来还年轻，我还可以出去工作，还可以去爱，也可以被爱，而现在，除了钱，什么都没有。所以我和你表哥分开了。”

听表嫂说完的那一刻，我推翻了之前自己片面的认知：有钱的婚姻就应该是幸福的。

我也终于懂得了闺密阿敏那一脸幸福满溢的真实。

十年前，有两个男人追求阿敏。一个是富二代，一个是公司职员，而且看着也不像潜力股那种。两个人对阿敏都很好，让她陷入了选择困难症。

正巧阿敏的哥哥做生意赔了钱，天天被人追债，阿敏急得火烧眉毛。富二代拿来一沓一万元的现金，让阿敏先去救急。那位公司职员凑了半天，给阿敏拿来五千块钱，跟她说，他已经和几个同学朋友都打了招呼，他们答应借钱给他，让阿敏不要着急。

后来，阿敏嫁给了那位公司职员，我很不解："你家庭条件又不好，要是嫁了富二代，少奋斗半辈子。"

阿敏笑："你不懂，一件事就可以看清一个人的本质。富二代虽然有钱，但他对我有所保留。而我老公，会把他的全部给我。那五千块钱，是他所有的积蓄，一个肯把全部给你的男人，一定也会让你幸福。"

是呀，阿敏虽然没有过上锦衣玉食的日子，但是，他的老公在力所能及的经济范围内，把她宠得像个孩子。他会给她很多的小确幸，比如生日时送她一只银镯子，结婚纪念日送她一条新裙子，休假时，带着她父母去旅游。

走入围城这么久，我们个个喊苦，人人嚷疲惫，痛诉着婚姻的种种不堪。唯独阿敏，一副"得夫如此，夫复何求"的模样，我甚至一度以为她是装给外人看，其实是我世俗。

前天，我从朋友那里知道我表哥早就有了"小三"，虽然我表嫂没说，但也证实了我的猜测。

当一个女人在男人眼里，被视若无睹的时候，那种滋味就像一尾被冻在冰箱里的鱼，除了冰冷，没有任何感知。与其在无爱的婚姻里，一眼就看到世界尽头的荒凉，真不如转身离去。

什么是爱？

因为爱你，所以舍得。

舍得为你花时间、花钱，哪怕他惜时如金，哪怕他并没有什么钱。

男人爱不爱你，就看这两点。

有钱人最高级的爱，是花时间陪你。穷人最好的爱，是舍得为你花钱。爱情没有什么标准，为你去做那些看似做不到的事情，才弥足珍贵。

世事洪荒，沧溟万里，唯愿执子之手，两情缱绻。

什么是幸福？

有人爱，有期待，有未来。

## 当婚姻成了一袭爬满虱子的袍，我们还怎么穿

早晨刚上班，文友阿莉发来一个大哭的表情。

我赶紧问，怎么啦，亲爱的？她说，我的婚姻已是千疮百孔，我们夫妻就是彼此的差评师，每天相互指责，谁也不肯认输。

你说婚姻不妥协，这怎么可能？人到中年，难道放弃孩子，放弃财产，一切从头来过吗？

我沉默。

郁达夫曾经说过，中年的人生是动不得的，如同滚石下山，伤害太重。

可难道就这样窒息而死吗？

婚姻犹如一袭华丽的袍子，有时上面会爬满虱子。外人看到的只是表面的风光，背后的无数次争吵哭泣谁能知晓？

六年前，我和老公的婚姻进入最低谷的状态。

不知何时，两个本来两情相悦的人，互相看着都不顺眼。他在我眼里不再是那个才华横溢的男人，成了加班狂，不顾家，没有一点儿责任感。我呢，再也不是他眼里的美女加才女，变得俗不可耐，无比

唠叨，任何一个女人都比我强百倍。

家就是战场，随时会爆发一场文斗或者武斗。文的，就是彼此用最恶毒的语言攻击对方；武的，就是摔东西。那一年，我家摔过的茶具，足够装满一辆轿车的后备厢。

一天晚上，我们又大吵一架，我一夜未眠。第二天头痛欲裂地去上班，坐在自己的办公室里，心力交瘁到了极点。

我在思考活着的意义。

彼时，我是公司的高层，工作压力很大，又遇婚姻的风刀霜剑相逼，随时有种会崩溃的感觉，似乎下一秒就要倒下。

一个上午，我把自己反锁在屋里，谁敲门也不开，一个电话也不接。

两个苏心出现在我面前。

一个尘满面、鬓如霜、泪千行，绝望到想自杀。一个笑靥如花，满脸阳光，说要坚强面对岁月的暗伤。

她们两个争执了一上午，最后达成一个协议：离婚，结束一段错误的婚姻，重新开始。

做出这个决定后，我似乎松了一口气。

我上网搜索了一份离婚协议，然后下载修改，打印了两份。

无非孩子和财产的问题。

财产好分，一人一半。孩子是必须归我的，那是我的命，没有孩子我没法活。

晚上回到家，我把离婚协议拿给老公看，他并没有异议，只是孩子必须归他。我们争执了半天，谁也不肯让步。最后达成一致：婚是一定要离的，但是等孩子大一些再说。

隔了几天，又一次鸡飞狗跳的争吵后，我再也无法忍受，对他说：“要么我走，要么你走，再这样下去，会出人命的。”

他说：“我走，孩子每晚要和你睡，离了你不行。”

他收拾完东西，亲了亲女儿，说：“宝宝，爸爸出差几天，你和妈妈在家要乖哦。”他转身出了门。我抱着女儿大哭。

把女儿哄睡，已夜深，我一点儿困意也没有，站在窗前发呆。

往事一幕幕涌上来。

我们的初相遇，我们的第一次牵手、第一次拥抱、第一次热吻，领证时的欢喜，新婚时皈依的心情……怎么就变成仇人了呢？这个见证过我青春的男人，真的，要和我成为路人了吗？

为什么，我们把日子过成了这样？

没有“小三”，没有财务纠纷，没有什么不可调和的矛盾。就是个性太强，谁都不肯低头，然后就僵持着不沟通，互相猜疑，心里杂草丛生，再也找不到来路。

东方渐渐露出青色，我的腿都僵了。窗外，渐渐有早起的人走动。一夜时间，像过了一个世纪般漫长，我竟然疯狂地思念老公，没有他在身边的夜，我整个人像被掏空了一样。

楼外树下有一个人坐了一晚上，因为之前树挡住了路灯的光，看不清是谁。此时此刻，我才发现，是我老公。

我拨通他的号码，问：“你怎么不回家？”他赶紧说：“回，回，马上回。”

我开门等他上楼，心情像当初和他约会时一样兴奋忐忑。

他进了门，与我两两相望。我问：“你怎么没走？”他说：“我哪舍得你们娘儿俩？我就在附近守着你们，看了咱家窗户一夜，唉，我大男子主义，你个性也强，肯定会遍体鳞伤，以后，咱们有事好好商量，不要用吵的方式，谁对听谁的。我们重新开始，好吗？”

我泪流满面，和他紧紧相拥，有失而复得般的心情。

是呀，我们在围城里久了，渐渐被一屋子烟火熏得迷失了方向，便会在婚姻中一次次碰壁，头破血流。感情年久失修，婚姻成了一潭死水，我们恨不得破城而去。

当婚姻这袭华丽的袍上爬满了虱子，我们还怎么穿?

其实，再美好的婚姻，都会有N次想离婚的念头，关键是，你怎么能够N+1次克服心魔。婚姻不是不妥协，而是不能用生命妥协，但必须要适度妥协。

两个人在一起过日子，就是跳一场双人舞，你退一步，他也退一步，才能跳出和谐的舞步。离得太近了，只会看见对方脸上横生的雀斑、粗大的毛孔。当你们退开一些距离，彼此的眼中就会是美好多一些。

每一个人都是这样，一边受伤，一边成长。慢慢学会懂得别人，学会低头的智慧，学会妥协的柔软。

还要学会激活赞美与欣赏系统，用最初的目光去深情凝视他。这种温柔的力量，能让婚姻春风化雨，枯木逢春。

如此，他一定会脱掉战袍，卸下盔甲，拱手让江山，与你，执手看红尘。

# 爱情不将就，婚姻不妥协

有一位叫云的大姐关注我的公众号很长时间了，之前在我的后台留过几句话，我也没放在心上。

前几天，她又给我留言："苏心，我可能时日不多了，想和你说说我的故事。"我的心咯噔一下，赶紧把邮箱给了她。我怕，有遗憾被我错过。

云和我讲了她的故事。

云和她的老公，都是彼此的差评师。她老公大学毕业，公职人员。云初中文化，自己做生意。

云的老公说她是个文盲，云说他是一个狂妄自大、心胸狭窄又尖酸刻薄的穷酸秀才。

穷酸秀才和文盲碰到一块儿，必然会撞出很多夫妻之间的斗争戏码，两人从结婚一直打到近五十岁。夫妻间最可怕的事，就是因为吵架，一个变成怨妇，一个变成渣男。

两年前，云检查出子宫癌。其实，各种病都是长期负面情绪累积而得，积怨成疾，积郁成殇。

在云罹患重症时，他们夫妻依然不停地吵。她老公甚至说全身浮肿的她装病，那么胖，会有什么病？

今年，云的癌细胞已经扩散，她知道自己在这个世间的日子不多了，她非常渴望听老公说一次温柔的话。吵了一辈子，折磨了一辈子，痛苦了一辈子，她想带着些许温柔去另一个世界。可是，她的老公还是冷冰冰的，恶言恶语，没有一句柔情的话。

此时的云，对他已是刻骨仇恨。本来，夫妻应该是此生最亲的人，他们却似乎铁定要把恨带去来生。

云说，她婆婆曾经对她说过："你和我儿子在一起注定会吃很多苦。两情相悦才是爱，我见过我儿子对女人的柔情和愉悦，但不是和你，请好自为之！"

读着云的信，我泪流满面。

我问云，为什么没有爱情要结婚？为什么过得不好不早一点儿离婚呢？

她说，当初他贪图的是她的钱，她贪图的是他的学历，他们的婚姻是功利性的组合。后来，她一直在婚姻中妥协，以为中年人的婚姻是动不得的。

云说，如果让她重新活过，她一定不要这将就的婚姻、凑合的围城。她一定要找一个彼此相爱的人结婚，嫁给欣赏她、怜惜她的那个人。

是呀，一个女人的一生将这样结束，她会有多么不甘。

电视剧《假如生活欺骗了你》中，男人因为攀了高枝而放弃了青梅竹马的恋人，但也不幸福，一直郁郁寡欢。女人负气嫁给了一个不爱的男人，结果，婚后各种吵闹，郁闷痛苦，年纪轻轻就身患绝症，临死时瞪着一双眼睛喊："我不甘心，我不甘心哪，这一生白活了！”

她的故事，和云的故事何其相似？

而我们的身边，又有多少这样的婚姻，为了孩子，为了老人，为了面子，为了利益，虽然吵闹，虽然厌倦，却依然将就着，没有勇气走出那座已成为囚牢的围城，给自己判了终身监禁。

我有一位姐妹，她的婚姻早已是一潭死水，两人在各自的“频道”上滑行，所谓婚姻生活，只不过是为了太多理由在熬着。

上周她在自己的公众号上写了一篇文，关于她的婚姻的，毫不留情地揭开婚姻脸上那层假装温情的面纱，露出了下面的百孔千疮。

一天晚上，她和老公聊天，问：“如果你知道婚姻是这个样子，你当初还结婚吗？”她老公毫不犹豫地摇头：“不，坚决不结，宁可单身。”我的这位姐妹很认同：“是，我也这么想，当初咱俩都是为了结婚而结婚，走进婚姻才知道，没有爱情的婚姻有多苦，有多累。”

我很震惊我这位姐妹的勇气，敢于直面自己不幸福的婚姻。其实，有很多人都是在婚姻的围城里且过且将就，对外还佯装情深意浓。

我是个性情比较温和的人，每每有人来和我倾诉婚姻的不幸，我总是劝了又劝，能过就过吧，出一家进一家的多不容易，就当为了孩子。从小，我就听着这样的话长大，加上我见过很多单亲的孩子，大多过得不怎么好，就形成了这样的观念。

可是，自从我看完云的故事，还有我姐妹的文字，我分分钟推翻了自己片面的认知。

我开始对身边的姐妹说：爱情不将就，婚姻不妥协。

是的，走进婚姻，一定是要因为爱情，否则，一生那么长，如何抵挡岁月中的种种暗流？

哪怕是当初爱得死去活来的两个人，在漫长的岁月中，怦然心动都会败给一地鸡毛。何况是没有爱的婚姻呢？真是走一步一步的伤，退一步一步的痛。

如果，余生全是这样的战火纷飞，或者寡淡无味，还不如一个人过。有时，低质量的婚姻，真的不如高质量的单身。

人生就是一次次新陈代谢，有离开，才能有重生。要学会接纳一个人的出现，还要学会接纳一个人的从此不见。为了你自己好，也为了另一个人好。与其耗尽青春，不如抽身去寻挚爱。

亲爱的，愿你，遇到目之所及、心之所念都是他；眼神里、手指间、呼吸中全是你的那个人，拥有一份不将就的爱情。牵着他的手走进婚姻的殿堂，一起缔造幸福的城堡。

君生我正生，君来我正等。

今朝赤绳系定，余生白头永偕。

# 哪怕全世界都在出轨，我也依然相信爱情

昨天，有位读者和我说："我的那个他有外遇了。二十岁时我们相遇，一见钟情，深深相爱。我们都是彼此的初恋，婚后很多年都很幸福，也很快乐。

"2015年的春节，我无意中翻看他的手机时，看到他和一个女人的聊天记录，情意绵绵，非常露骨。那个女人每句都称呼他为老公，他叫她老婆，我的心仿佛被刀剜了一般。

"我查过，那个女人比我老公大四岁，刚刚离婚。我老公是个很正经的人，我不敢相信那是真的。我问他为什么，他说，那个女人只是个玩物，他不会动真情的。

"可我一直不能从阴影中走出来，我再也不敢相信爱情了。他对我说过的那些情话都是假的吗？他怎么可以又对另外一个女人说？难道，婚姻真的是爱情的坟墓吗？"

唉，又是出轨。

上周，文友笑笑在微信上也和我讨论过"出轨"这个话题。通过这次对话，我才知道她是一个很放得开的人，丝毫不避讳谈自己的私

生活。她告诉我，她有老公，有情人，还有蓝颜知己。

笑笑说，这个时代，很多人都在这个真实的世界里虚伪地活着。我问："可你怎么能够同时爱几个人呢？"她哈哈大笑："什么爱，不过是游戏罢了，你太傻太天真了。"

我表示不敢苟同。

我的爱情观是，爱的时候，一心一意只爱那个人。同时爱几个人，我一直无法理解。

笑笑说："你一定没有被感情辜负过，才对爱情这样有信心，如果你被人辜负过、伤害过，你就不会这么死心眼了。"

我没有被辜负过？

太好笑了。这世间有几个人没有被感情辜负过？

十七岁那年，我们学校开元旦联欢会，我给老师帮忙。

彩排时，一个男孩一曲如泣如诉的情歌，瞬间俘获了我的少女心。他和我同级不同班，只是认识，并不熟悉。

自此，我就成了他最忠实的拥趸。在我眼里，他什么都好，一手钢笔字潇洒飘逸，像他的人。歌声深情款款，像他的眼眸。他或许明白我的心思，但我们之间，也只限于眼神的交流。

高三那年，他去参军，他走那天，我想去送，又不敢。后来，我终于忍不住从学校偷偷跑了出来。

满大街都是穿军装的人，都是哭得稀里哗啦送行的人。我看得眼花缭乱，焦急万分。

正在这时，听到有人喊我的名字，我回头看，他从一辆大巴车上探出身子来喊："苏心，我在这儿。"我惊喜地跑过去，站在车下仰望着他，却不知说什么。他看着我说："你回去上课吧，到了部队我会给你写信的。"

我点点头，走了。

几天后，收到他今生写给我的第一封信，叠成鸽子状，他说代表着思念。

平生不会相思，才会相思，便害相思。

六年中，我收到过他的三百多封信，整整一皮箱。

他是我今生第一个爱上的人，我也曾以为会是永远，可他军校一毕业，就和我提出了分手。

相爱，是两个人的事，而分手，很多时候，只是一个人的事。

我哭着把那几百封信付之一炬，然后，寄出最后一封只有两句话的信：鸿雁六载空往返，终究彼此未明心。

谁不曾牵过被甩开的手？谁不曾喝过失恋的酒？

那又怎样，就不再相信爱情了吗？

我一直认为，这个世界上最快乐的事，就是在恰当的时刻与恰当的人燃烧。即便没有结局，岁月也会记得曾温柔赤诚的心。

就算最终，如许的深情，成了人间陌路；地老天荒的誓言，成了空中飞絮，你也要相信，曾经写过的情书、说过的情话、感动的泪水，一定是发自内心。

电视剧《还珠格格》中，夏雨荷说：爱了一辈子，恨了一辈子，等了一辈子，盼了一辈子，可是仍然感激上苍赐予了一个可爱、可恨、可等、可盼的人。

是呀，一个人一生都没有过爱情，生命该是多么苍白？

哪怕全世界都在出轨，我依然相信爱情，也会义无反顾地爱一个人，和他牵手走入婚姻。

而走进婚姻，一定要分清婚姻和爱情的关系。

爱情是什么？是当下，是此时此刻、此身此地，是我一遍遍翻你的朋友圈，是我无数次偷偷看你的照片，是单曲循环你为我唱过的歌，是一生一世一双人。

婚姻是什么？是这个月水电费缴了没有，是下了班要不要去买菜，是明天的早餐在哪里，是生出几分疲倦还要一起走下去。

只有懂得了爱情的真相，才能认清婚姻的本质，才能和你的他风景都看透，一起品细水长流。

# 好的婚姻，灵魂一生相配

（1）

几天前，我加班很晚回家，单元门前有一辆车停着。

小区里的草坪灯很亮，透过车窗玻璃，我看到一个男人在车里。他把车座后移，斜躺在上面，抽着一支烟。借着一闪一闪的亮光，我认出是隔壁单元的邻居，一位大学老师。车里的音响传出低沉的歌声：“别让我一个人醉，别让我一个人走……”

我对这个男人印象蛮深。他们夫妻可谓郎才女貌，妻子很漂亮，是一家大医院的护士，但是她的那种美我又总觉得哪里不对劲，后来看出来了，是缺少一种叫书卷气的东西。

前段时间看到网上有人提问：为什么有些人开车到家后，会独自坐在车中发呆？

答案更倾向于，想自己跟自己待一会儿，放下灵魂的负累，做一会儿自己。相反，能让你飞奔上楼，把一天的境遇迫不及待地分享给他听的，又是什么原因呢？

## （2）

曾经，我有一对是夫妻的同事，男人是“凤凰男”，考学进城，在技术部当工程师。女人虽然漂亮，但文化程度很低，在车间当工人。他们，是那种各取所需的“条件相配”夫妻。

同事经常谈论他们的婚姻，说他俩没有共同语言，男人经常借口加班，很晚回家，还有人几次听到过他在单位前面的空地上大喊：“痛苦哇，痛苦！”

那时，我尚年轻，不懂他们为什么还有这种状况。等进入婚姻的围城后，慢慢我就懂了，每一个年龄段，都有一种不同的婚姻状态。

二十岁的时候，决定吸引彼此的，大多是荷尔蒙的作用。等婚龄慢慢增长，更多的是关注灵魂的碰撞，少了许多小儿女的耳鬓厮磨。而如果婚姻不再默契，多是从灵魂高度有差距开始。

若其中一人一直大踏步前进，另一人却原地不动，哪怕曾经外表看起来多般配的一对，其实在灵魂上也已经难觅相亲相爱，在一起生活，只会感到相对无趣，事事无聊，寂寞无边。

## （3）

灵魂的契合，大多是在同一楼层。

我们身边有很多这样的夫妻，貌似懂得很少，却会傻傻地相守相依，幸福一辈子。两个没心没肺的男女，一地葱皮，一屋子热气，一双儿女，也会很快乐地生活。

就像我的爷爷奶奶，在我的记忆中，是最恩爱的老夫老妻。我一出生，他们就老了。他们经常一起买菜，一起做饭，一起坐在街头巷尾和邻居聊天。很少看到他们单独一个人出现。

他们是尘世里最普通的夫妻，不懂经济，不懂政治，他们最多的话题就是今天的晚餐、膝下的子孙、邻居的故事。可是，他们的灵魂在一个高度上，永远有说不完的话，那种恩爱的源泉，也是来自灵魂的相配。

## （4）

两颗相配的灵魂，会一生都在相恋。

《浮生六记》中，写过芸娘和沈复的爱情故事。芸娘与沈复是两小无猜，青梅竹马。在仍然很“封建”的时代，几乎可以算是“自由恋爱”而亲上加亲。婚后，两人情意相笃，举案齐眉。

结婚经年，两人“情愈密”，就算在庭院里、走廊里、暗房里，不管何处，如果夫妻俩不期而遇，必然双手紧握，双眸含情凝视：“你去哪儿呀？”带着难以克制的欣喜，好像蜜月期一直无尽头。

有一年的七夕情人节，芸娘置办了香烛瓜果，夫妻俩同拜天地。沈复专门刻了红白两方图章：“愿生生世世为夫妇”，红字的归夫，白字的归妇。

后来，芸娘病逝，沈复变卖所有家产，葬芸娘于扬州城外的金匮山。他常到爱妻墓冢前哭坐良久，终身未再娶。

## （5）

我见过深夜买醉哭泣的女子，也听过半夜孤独地高歌的男子，还安慰过下了班不愿回家的同事。他们不是没有家，没有伴侣，而是与那一半的灵魂早已不在一个频道上。

一个人的孤独并不可怕，两个人的孤独才可怕。

其实，所有的感情走到最后，拼的都是赤裸裸的灵魂。

维系婚姻需要灵魂的碰撞。两个没有心灵共鸣的人，如果有条件，更大的概率会选择分道扬镳；如果没有，则会维持一份寡淡的婚姻。这种婚姻到最终，更多的成分只是在世间做伴，在红尘中取暖，且行且勉强。

而幸福的婚姻，不仅有柴米油盐，还有精神的树木共同生长。恩爱的夫妻，都是灵魂最相配的那种，高度一致，审美统一，两情相悦，两心默契，他想的就是她愿的，他说的话她都懂，他未曾说出口的话，她也明白。一个眼神，一个微笑，都能心领神会。

这样的夫妻，是情人，是良友，是知己。

斯人若彩虹，遇上方知有。

好的婚姻，灵魂一生相配。

# 与有情人，做快乐事，不问将来

## （1）

同事李姐请了一周事假。

她回来上班时，先来我们部门销假。看她神情倦怠，我关心地问她请假的原因，她眼圈红了，说自己的哥哥一周前心梗去世，刚过完五十岁生日。

我说："你嫂子没事吧？"

李姐叹了一口气："别提了，两口子吵了一辈子，喊离婚都喊了几次，每次都是种种原因没离成。"

想不到，哥哥前后不到半年时间就没了，嫂子疯了一样抱住哥哥号啕大哭："老李，你别走，让我抱抱你，你这一辈子也没抱过我几次，我就最后抱你一次吧，再抱，就是下辈子了！"

这些天，嫂子像傻了一样，不吃不喝，每天神情恍惚，一遍遍地说："我干吗和你吵哇，哪有什么大不了的事，你怎么这么狠心，一生气扔下我就走了？老李，我再也不和你吵架了，我要好好疼你，给你做好吃的，陪你去看画展，你回来，好不好？"

我听得泣不成声。

这世间，有很多这样的夫妻，一直吵吵闹闹，虽不至于离婚，却也没有了多少恩爱之情。可等那个人猝不及防离开时，剩下的这个人竟没了活下去的意义，余生都在悔恨和颓废中度过。

此时，才知道那个人早已融入自己的生命，才知道他对于自己的意义，是多么重要。自己竟然一直没有珍惜和他在一起的日子，想再对对方好一点，已经没有了机会。

“沉思前事，似梦里，泪暗滴。”

## （2）

我的初恋，是一位军人，我和他除了唯一的一次牵手，一直是纸上谈爱，一谈六年。每次看到别的恋人出双入对时，我都默默憧憬着和他在一起的情景。

可是，还没有等到他的一个拥抱，我就被他的一封信分了手。他告诉我，与我性格不合适。后来，我知道他其实是爱上了别人。

他从部队回家探亲时，打电话约我出去聊聊，我负气没去见。

兜兜转转好多年，再见他时，是在一个商场里，他身边有美丽的妻子、可爱的孩子。我们淡淡地打了招呼，擦肩而过。

回过头，我早已潸然泪下，不是留恋，而是一种怅然若失的遗憾——爱了一场，竟然没有一个告别，没有一个拥抱，没有看一场电影。

而岁月纤长，我拿什么去回忆这段青春时光？

## （3）

前几天，文友艾米和我说，她有一个闺密，两人从中学到大学，一直都在一个学校读书。大学毕业后，两人才分开，在不同的城市各自发展。

她们说这是上天赐予的缘分，要做一辈子的姐妹，一生一世的亲人。可她俩竟然喜欢上了同一个男生，但并不知道彼此的心意。

上个月，艾米悄悄和闺密说自己喜欢那个男生，再和闺密聊天时，发现已经被她拉黑了。手机打过去，也是不通。再打她办公室的座机，她的同事接听，每次都说她不在。

一个月了，艾米始终联系不上闺密。她知道，她们的友情走到了尽头，她不得不接受这个事实。

艾米很伤感地说：如果真的要失去一份友情，我也无可抱怨，或许这就是人与人的缘分，缘分尽时，难再续。

可我们是那么多年的好姐妹，就算不再做朋友，我也想好好地和她告别，感谢这一路上她的相伴。我要紧紧地、紧紧地拥抱她，和她说一声珍重。我还想去参加她的婚礼，做她的伴娘，恐怕，不会有这样的机会了。

人来人往，缘起缘灭。

王菲在《红豆》中唱道："有时候，有时候，我会相信一切有尽头，相聚离开都有时候……"

## （4）

其实，人这一辈子，就是一路得到和失去。

有些人，总是在刹那间离开，来不及说一声再见。任你一路狂奔，也追不上他转身的速度，看着他的背影，你只能泪茫茫，空惆怅。

电影《少年派》里有一句话：人生就是不断地放下，但最遗憾的是我们来不及好好地告别。在一起时善待彼此，就是好好告别了。

是呀，你和他，或许是偶遇的知己，或许是深爱的情侣，或许是至亲的亲人，却也无法预料这一程会相伴多久。

但只要真诚走过一起同行的路，即便没有相伴一生的缘分，至少也少了些许悔和痛。

与有情人，做快乐事，不问将来。

在一起时，好好相待，用心相爱。

哪怕有一天，他莫名其妙地把你拉黑，一言不合转身离去，没有说声再见就再也不见，你也不必有太多遗憾，毕竟，你们还拥有一个温暖的过去。

有句佛语：万物皆无常，有生必有灭，不执着于生灭，心便能安静不起念，而得到永恒的喜悦。

而人生，原本就是这一场又一场的相聚与别离呀。

# 女人嫁对郎，最重要的一点是……

昨天我去医院体检，顺便去行政办公室看一下我的同学晓静。

敲门进入，不想她妹妹晓丽正好在，脸上还挂着泪珠，一双眼睛都哭红了，我不明就里，带着满脸的疑问看着晓静。她让我坐下，说起她妹妹的事。

晓静的妹妹晓丽五年前结的婚，婆家经商，是本地有名的土豪。晓丽结婚时，公婆给他们准备了一套两百平方米的大房子，装修得富丽堂皇，婚礼更是高大上，曾羡煞了无数小姐妹。

一年后，晓丽生下一个男孩。就像童话故事那样动人，王子娶了公主，又生了小王子，一家人幸福地生活着。

可世事无常，就在今年春天，晓丽被查出得了白血病。开始的时候，老公和婆婆一家还很积极地想办法治疗，后来听说这种病康复的希望很小，一家人的态度就立马冷淡了下来。先是公婆托辞在家看孩子来不了，后来晓丽的老公也玩起了失踪，把晓丽一人扔在医院里。

晓静照顾妹妹治完一个疗程出院，送她回到婆家，一家人的脸上都像结着一层冰。

这几个月里，晓丽的老公大多沉默，如果开口说话，就是找碴儿和晓丽吵架。晓丽简直要窒息了，说了一句试探的话：“要不咱们离婚吧？”这下正中婆家一家人下怀，分分钟就拿来了离婚协议，估计是早就拟好了的吧。

那一刻，晓丽感到浑身冰冷，这种冷，来自身边本应相互扶持的人。她万念俱灰地签了协议，办了离婚。

也没有什么财务纠纷，他们房子上的名字是公公的，自然还是人家的。晓丽的老公故作大方，把两人共同积蓄的几万块钱都给了她，孩子由爷爷奶奶抚养，也不要晓丽负担抚养费。

走了一圈，晓丽又回到了原点，可此时的她已是千疮百孔。

我和她婆婆一家有过一面之缘。

去年冬天，我去一家新开的特色店吃火锅，遇见晓丽和她公婆全家。

晓丽给我们介绍，她公公婆婆脸上都带着用力过猛的精明，她老公还不满三十岁，也带着与年龄不符的世故相，我心中陡然生出一种隐隐的不祥感——晓丽和这样一家人相处，会不会吃亏呀？

果然，在晓丽得了重病之后，婆家人齐心协力及时止损，把损失最小化。

同学晓静边说边骂前妹夫没有人性，妹妹当初真是瞎了眼嫁给他，德行这么差。

有一句说了很多年的俗语：男怕入错行，女怕嫁错郎。

可是，遇到什么样的郎才算嫁对？

小时候，我家住在父亲单位的房子里，还不到上学年龄的我，每天就在各科室乱窜。

我最喜欢办公室的刘叔，经常给我好吃的，还从不拿我寻开心。不像有些叔叔阿姨，经常问我一些“你爸爸和你妈妈谁听谁的话”之类的问题，我的答案经常让他们哈哈大笑，我总觉得自己像个小傻子似的。

我认为单位里最好的人就是刘叔，他妻子刘婶也好。

那时，他们已经结婚好几年了，一直没有孩子，刘婶身体不太好，不敢生。据说刘叔的父母对儿媳不生育也颇有微词，一个女人不能生孩子，在老观念里就是最大的原罪。但刘叔对妻子那宠溺的眼神，总会让我想到那句“你侬我侬，忒煞情多”。

一天，刘叔和刘婶带我出去玩，走在他们中间，我兴奋到了极点，拉着他俩一人一只手，又蹦又跳。

正值早夏时节，街上有刚刚熟了的甜瓜卖，我盯着一直看。刘叔笑：“小馋猫，想吃甜瓜吧？”我使劲点头。

刘婶走上前询问价格，似乎很贵，她挑了半天，就买了两个。路边正好有自来水管，她洗干净了，递给我一个，然后把剩下的一个和刘叔一人一口吃起来。

像猪八戒吃人参果一样，眨眼间一个甜瓜就被我吃完了。我抬起头看他们，刘婶还在和刘叔分享那个甜瓜。多年以后，我仍然记得刘叔脸上的笑，满满的都是怜惜，都是幸福，都是义无反顾的爱意。

后来，他们抱养了一个女婴。

刘叔的养女如今就和我住一个小区，老两口都已退休，经常过来看女儿。刘叔总是一边走，一边说个不停，目光温柔地落在刘婶脸上，一如从前。

世间多少功利性的爱情，在各种考验面前纷纷折戟沉沙。而像刘叔和刘婶那样的爱情，不算计，不计较，在喧嚣的红尘，活出了充满禅意的岁月静好。

何谓对的郎？

其实，就是一个品质好的男人。

品质优秀的男人，是女人一生最安全的港湾。

这样的男人，无论疾病或健康，贫穷或富贵，美貌或失色，顺利或失意，他都愿意爱你，接纳你，尊重你，都会牵着你的手一直一直走下去。

这样的男人，会陪你看尽世间繁华和荒凉，与你红尘做伴，是你今生最大的眷恋。

这样的男人，始于心动，源于担当，忠于人品。

嫁给他，就对了。

第二章

# 路阻且长，行则将至

# 七年之后，你是谁

六年前，我辞去公司高管的职务回家。那是在秋天，应该是深秋吧，地上已经有了落叶。走在小区甬路的落叶上，我听到自己脚下沙沙作响，我不知道自己下一站要走向哪里，只感到深深的疲惫和焦躁。

其实，我是一个很不愿多言的人，喜欢发呆，喜欢独处，喜欢沉默，却做了一份需要与人打交道的工作，而脸上的微笑，早已不是发自内心，最多算是一个表情。

我一路走，一路想。

天气似乎有些冷，阳光尚好，走着走着身上就暖了许多，心里不由得对这种慢生活充满了向往和期待。那一刻，我有一种强烈表达的冲动，要把心里沸腾的潮水变成文字。

记得一位从农村走出去的作家说过：我的少年时代没有读过《红楼梦》，没有读过《三国演义》，粗糙的生活只给予了我力量。相比之下，我的少年时代要比她幸运许多。在我小学五年级时，爸爸就给我买了一套《红楼梦》，我上初中时就读完了四大名著。

学生时代的我，每篇作文，用老师的话说，都是笔底生花。我也曾年少轻狂，和同学吹牛："我要做大陆的琼瑶，写遍人间千般情，诉尽世间万种爱。"

可是，从来没有人鼓励过我写。爸妈不懂，自己不懂，身边的人都不懂。没有人把"写"看成是一种职业，他们认为，踏踏实实找一份工作，才是正经。

刚参加工作时，我有大把业余时间，就试着给本地报纸投稿。

记得有一天，我们财务科长拿着一张报纸满脸惊喜地来找我："苏心，这是你写的？想不到你还是个才女呢，咱们这名字里带'苏'的不多，我觉得应该是你。"我点点头，他夸了我半天走了。我的虚荣心瞬间得到了极大满足，一下子血脉偾张，在那一年里竟然写了不少东西。

可是，后来呢？后来，我结婚生子，文字便被挤到角落里。偶尔我会张望一眼，然后继续各种忙碌。

那天，我在小区里走了几个来回，思考着这些年走过的路，思索着未来的路。

难道，我就只为生计奔波吗？我反复问自己，难道此生就这么虚度了？我最初的文字梦就这样荒芜了？一辈子那么久，总要做点儿自己喜欢的事吧，要不，等到白发苍苍回首时，会是多么苍白呀！

我想起曾经看过的一段话：如果你每天把业余时间用来看韩剧、聊天，七年之后，你会变成生活的旁观者，你最擅长的就是如数家珍地说别人的成功和失败，而自己身上找不到任何可说的东西。如果每天去做最想做的事，七年之后，你会是一个不一样的你。

我欣欣然起来，七年就可以改变一个人！

可刚刚兴奋了一会儿我就泄气了，我已过三十岁，重新开始还来得及吗？

可，不追梦我甘心吗？

就这样，我神经质地来回推翻自己又鼓励自己，最后做出了重拾文字的决定。

在家待了二十多天，我回到公司做了中层。

我开始沉下心看书，写字。幸而，我一直保持着看书的习惯。日日生活在窠臼的模式里，只有书，才能让我的思绪天马行空。在那里，我与智者一次次交流，碰撞，贪婪地汲取营养。我坚持写。写得多不好都写，谁打击都没用。

有一天，我同办公室几位同事聊起泰戈尔，她们一脸茫然。我转变话题说莫言，她们还是不知我所云。我费力地解释了半天，只换来一声“哦”。

原来，身边很多人的世界，只是商场，只是超市，只是孩子，只是手头这份工作，除此之外，皆是空白。

我的世界，越来越沉默，越来越孤独，也越来越接近我的星空。看着越来越多的文字变成铅字，我的心里每天都装满欢喜。文字，是一扇通往外面的门，推开门，我看到了不一样的蓝天白云。

六年。

我周遭的人和事几乎没有太多变化，我依然朝九晚五地上班，依然坚持写字，依然笨拙地做不出可口的饭菜。可当初的焦躁不知什么时候已经消失了，虽然我每天还是走在那些熟悉的路上，内心却早已淡定而从容。

常常，有人在微信或是我的公众号后台留言：怎样才能写好文字呢？怎样才能靠写作改变自己的命运呢？

写，写，写。坚持写。没有捷径。

《诗经》里有句诗："溯洄从之，道阻且长。溯游从之，宛在水中央。"

意思就是逆着流水去寻找佳人，道路险阻又长。顺着流水去寻找佳人，仿佛她就在水中央。那佳人，不就是我们的梦想吗？

是的。只有跨过一些山、一些水，你才能看到更大的世界、更美的风景，抵达自己的梦。人生就是一条河，只要你自己不甘于随波逐流，你的命运总有几分可以掌握在自己手中。

路阻且长，行则将至。

亲爱的，七年之后，你将以怎样的方式和七年前的自己相遇？

以沉默？以眼泪？以惊喜？以自信？

愿那时的你，与七年前的那个自己迎面相逢、四目相对时，能面带感激和从容的微笑，给他一个大大的拥抱。

## 不当“心机女”，也不做“傻白甜”

王熙凤得知丈夫贾琏在外面偷偷娶了漂亮的尤二姐，恨得咬牙切齿，恨不能一把抓过那尤二姐给撕了。

可凤姐是多么有心机的人哪，怎么会用这么低级的手段？她眉头一皱，计上心来，立刻有了主意。

那日，凤姐带着一行人来到尤二姐住的地方，见了尤二姐，一盆火似的掏心掏肺，又让周瑞家的取出四匹上色行头、四对金珠簪环，作为见面礼。

二人落座吃茶，诉说往事。凤姐口内全是自怨自错和“怨不得别人，如今只求姐姐疼我”等语。尤二姐见了凤姐这样子，便以为往日听到的那些话都是下人编派主子的，于是倾心吐胆，把凤姐视为知己。

尤二姐听信了凤姐的话，跟随她搬到贾府和她住在一个院子里。凤姐哪安半点儿好心？每日让人端到尤二姐房中的饭菜都没法吃，还指使丫头婆子言三语四，指桑骂槐。

尤二姐有苦难言，只在背地里偷偷落泪。贾府的董事长贾老太太见尤二姐时常面带悲容，听信了挑唆，也渐渐不喜欢她。老板不喜欢的人谁还待见？于是墙倒众人推，尤二姐简直没了活路。万般绝望之际，她吞金自杀。

至此，王熙凤的计策完美收官。

这种类似的剧情，在《芈月传》里又上演了一回。

楚国的南后本来是楚王的专宠，魏国竟然送来一位绝色美女——魏美人，好色的楚王眼里就只有魏美人了，冷落了南后。

南后气得终日不思茶饭之际，得到一条妙计。

那日，南后荆钗布裙去见魏美人，做小伏低状，说只求能和她常说说话，做个好姐妹就知足了。单纯的魏美人不知是计，感激万分，把她当成了闺密。她是家中的独女，从小孤独，南后这样放下身段待她，让她真有种幸福从天而降的感觉。

魏美人和芈月说，在这个宫里，有两个人对她最好，一个是芈月，一个就是南后。芈月了解南后的为人，提醒她小心。但毫无城府的魏美人，早已被南后哄得听不进任何劝告。

她听信了南后的好心提醒——鼻子有点歪，等楚王来时要遮一下。

此后，每每和楚王独处时，魏美人都要用扇子遮挡着鼻子，楚王问起，她说是喜欢用这种方式来眉目传情。楚王倒也没觉得大不妥，既然心爱的美人喜欢这样，就由着她吧。

殊不知，魏美人正一步步走到了南后设计好的圈套中。

魏美人寿辰之日，南后支走魏美人回去拿那盏九尾狐灯——鼻子不端正，还是用暗一点儿的灯好。

魏美人走后，楚王来了，当然，时间都是南后算好的，她知道魏美人在楚王来之前肯定回不来。楚王问起魏美人，南后装出一副无辜的样子，说魏美人回去拿灯，为了除异味。楚王当即不悦，原来魏美人这些日子遮挡鼻子是嫌弃他。

宴席开始后，魏美人像往日那样用扇子遮挡鼻子，被楚王勒令放下后，又用花遮挡，勒令放下花，又用衣服遮挡。楚王忍无可忍，咆哮着：“拉下去！把这个贱人的鼻子割下来！”

几日后，魏美人自杀，南后复宠。可怜魏美人，到死都不知道自己死于何人之手。

这两个故事是不是如出一辙？施害者都是“心机女”，受害的都是“傻白甜”。

众生都在路上，需要和命运交手很多个回合才会有一个圆满的结局。

很多时候，“傻白甜”凭借天生丽质在人生第一个回合中胜出的机会更大，能轻易得到自己想要的东西。而在接下来的众多回合中，这些“傻白甜”几乎都会输在“心机女”的手中。“傻白甜”单纯呆萌、毫无保留地一步步走进对方挖好的陷阱里，断送了性命。

当然，类似的情景天天在上演，有的是在古代，有的是在现代，有的是在情场，有的是在职场，哪个年代都不缺少这样的剧情。

可这个世间从来都是一个多元化的组合，除去“心机女”和“傻白甜”，还有一种温润善良如宝钗那般的女子。

在黛玉在贾府自觉孤苦无依时，每日给她送去一些燕窝；在湘云经济窘迫时，帮她在大观园举办一场螃蟹party；分送哥哥从外地带回的稀罕玩意儿时，给多遇冷眼的赵姨娘母子一份惊喜。

其实，无论是“心机女”还是“傻白甜”，在人们心中大多无足轻重，或者成为笑谈，或者为之一声叹息，或者不屑置喙。

而能够让人最终记住、愿意时常想起的，更多的是那些施恩却不树起行善的大旗，用润物细无声的方式，给弱者以尊严、以温暖的人。

这些人，让人在想到她们时不由得心口一热，浑身瞬间涌起一股暖意，再面对这个薄情的世界时，已平添了几许勇气。

## 有些人会悄然离场，有些事并无来日方长

正准备下班回家，一位同事打来电话，公司原总工刘工因心肌梗死去世。我有点儿蒙，半天没缓过神来，赶紧问："真的吗？他还不到五十岁，前段时间我还说去看他呢，这怎么可能？"

同事和我说刘总工的发病过程，我脑子里一片空白，听不进一个字。

黯然挂了电话，我呆呆地一人坐在椅子上，看着外面的天空，泪如雨下。

刘总工曾经是我的顶头上司，是我非常敬重的一位师者。他主导研发的几个新产品成为公司的经济支柱，在我眼里，他就是神一般的人物。跟着他，我学过很多做人做事的道理。

那一年，我作为单位代表，去上海一家大公司谈合作。

不知忙了多少个夜晚，部门准备了一套自认为完美无瑕的图纸，我胸有成竹地去和刘总工汇报。

刘总工看着图纸，不放过每一个小小的细节。我的心怦怦直跳，怕哪里做得不好会让他生气。他抬起头，紧锁眉头，给我一处一处指

出须改动的地方。等于是重新做。

我简直要崩溃了，垂头丧气地不说话。

刘总工看出我情绪低落，态度和蔼了许多，说："你觉得我提的几个要改进的地方有问题吗？"

我有些赌气地说："您说的方案太难了，我怕做不了。"他露出一个难得的笑容："这个世界，做事哪有不难的？怕难，能成什么事？"

我的脸慢慢红了。这些话，我从离开学校，似乎没再听人说过。而当年老师照本宣科说此类话时，我对困难根本没有切身体会，不过当作一句耳边风罢了。

接下来的几个日夜，图纸又经历了几次改动，刘总工终于满意了。合同也顺利签订，我毫无争议地升职加薪。

这几年，刘总工那句"怕难，能成什么事"，一直激励着我在一个又一个困难面前不低头，不服输。

刘总工工作非常拼，不眠不休几乎就是家常便饭。我们经常劝他注意身体，可他总是一工作起来就忘了时间。

去年，他体检被查出心脏病、高血压、胃病等几种慢性病，不得不病休回家。

刘总工的家在南方，临行前，我一直送他到火车站，依依不舍地看着他的身影逐渐消失，大声喊："刘工，有时间我一定去看您！"

周围人声鼎沸，我不知他听到了没有。

看着他的背影踽踽独行在路上的那一刻，我的眼泪夺眶而出，我竟有种不祥的预感，觉得这或许就是我们今生最后的分别。

想不到，一念成谶。

上个月我还和他通过电话，他邀请我去江南水乡走走。我也曾答应醉笑陪他三万场，不诉离殇。

看江南水乡，是我很久之前的愿望，上大学时就和南方的同学约定过数次，竟一次都未成行。

“人生底事，来往如梭。”我竟不知每天在忙些什么，总是一次次失约，以至于再也不敢做出任何承诺。

其实，更多时候，我心里想的，不过是来日方长，去江南也好，去梦想的西藏也罢，有的是时间。

可是，真的是这样吗？

九年前，我的姥姥骤然离世，那天我正在上班，姐姐打来电话告诉我这个噩耗。我当着几个同事的面号啕大哭，无法接受从小疼我爱我的姥姥就这样离开。

我飞车赶到姥姥家，握着她老人家冰凉的手放声大哭。除了哭，我不知道该怎样表达那份惊恐与心碎！我从小在姥姥身边长大，竟无缘见她最后一面。可任凭我肝肠寸断，也再听不到我亲爱的姥姥喊我一声乳名。

从那时起，我便知道，生命中有些人会突然与你分别，来不及预告，来不及说再见，便匆匆走出你的视线，再也不见。

于丹老师说：生命来来往往，我们以为很牢靠的事情，在无常中可能一瞬间就永远消逝了；有些心愿一旦错过，可能就万劫不复，永不再来。

是的，有些事来日并不方长，有些人会悄然离场。

下个假期，我一定要去一趟江南水乡，了却一段多年的心事，顺便去一下刘总工的家乡。

而你，如果有想要去的地方，有想要见的人，一念既起，就趁早达成自己的心愿吧。

不要像我一样，让本该是一次温暖的探望，变成一场伤感的旅行。

## 面对职场排挤时，你该怎么做

同学张亮是一家外企国内事业部的部门主管，工作能力非常出众，只是和他的上司销售总监八字不合，经常受打压。

大家都说销售总监度量小，是怕张亮有一天取代他的位置，张亮心知肚明，却也没有办法，只兢兢业业工作，不敢有一丝疏忽。

一次，他审核的一个订单有一项内容模糊，销售总监当着很多人的面把张亮狠狠批了一顿，责令他回家反省。反省回来后，张亮被安排到了一个无关紧要的岗位，不再担任领导职务，薪水降了大半。

张亮一气之下想辞职，可这样走了实在窝囊。自己努力了这么多年，走了，一切岂不是要归零？他选择了默默忍耐。

一天，张亮听说董事长正在和中东那边建立关系，估计下一步是要去那边发展。他觉得自己的机会来了，现在的海外事业部主要面对的是欧美一些发达国家的客户，工作人员的英语水平不错，但是懂阿拉伯语的几乎没有。

张亮现在做的那些工作，对他来说十分轻松，基本不牵扯太多精力，他就把所有的空余时间都用在学阿拉伯语上。半年之后，张亮已经基本掌握了阿拉伯语，只是还不太熟练。他从来没放松过，日夜加紧练习，他知道，有一天一定会用得上。

果然，机会来了。总部要成立中东事业部，想在内部选拔一位负责人，待遇和职务级别都很高。公司内部录用简章发出后，很多人都报了名。最终，张亮出类拔萃的业务能力和令人意外的阿拉伯语口语能力，让他以全公司第一名的综合成绩被录用。

就任前，张亮和同事一一辞行，有心直口快的小伙伴说："大哥你真厉害，终于跳出火坑，不用在这里受排挤了。"张亮不说话，微笑着和销售总监打招呼，销售总监脸上红一阵白一阵，像被人掌掴了一般。

张亮的故事总是让我联想起《红楼梦》中的小红。

小红是林之孝的女儿，在贾宝玉屋里当小丫头。虽然，小红还只是个实习生的身份，却对自己有着高远的职业生涯规划，她要利用一切机会接近宝玉，从而实现人生目标。

那日，怡红院中几个大丫头恰巧都不在，宝玉在屋里喊"喝茶"。小红赶紧给宝玉端去，多情的宝二爷对这个小丫头有点儿好奇，叫住她撩拨了几句，不想却被挑水回来的秋纹、碧痕撞见，狠狠地把小红训斥、羞辱了一番。

受了打压后的小红并没有灰心丧气，而是韬光养晦，默默等待着时机的到来。

机会总是留给有准备的人。

当贾府常务副总凤姐站在山坡上招手叫人时，一群丫头在场，只有小红勇敢地迎上前去。她顺利完成了凤姐交代的任务，俘获了凤姐的欢心，凤姐把她从怡红院调到自己身边工作。一下子，小红从实习生的身份荣升为总经办的人。

《红楼梦》第二十六回中，小丫头佳蕙为赏银的事感到不公，小红却说：“也犯不着气他们。俗话说得好，‘千里搭长棚，没有不散的筵席’。不过三年五载，各人干各人的去了，那时谁还管谁呢？”

聪明的小红在受排挤、打压的环境里，没有意气用事，而是把眼睛望向未来。她不被眼前的苟且所羁绊，积攒所有的力气努力跳出这个圈子，奔赴自己的诗和远方。

是的，她做到了。

凭借过人的智慧和眼光，小红没有像常规那样配给贾府的小厮，而是嫁给了副主子贾芸，改变了自己奴才的身份。当贾府上下落难之际，已完成原始积累的小红，对旧主人表现出温暖的情义，施以援手，让人不由得心生敬意。

其实，每个人的一生，都难免会遇到被打压的境遇，置身于狭窄处甚至连呼吸都困难。但只要你对生活不曾失望，坚持守候自己的梦想，清风总会徐来，吹散你身边的雾霾，把你带入一个清新的世界。

当你在职场被排挤时该怎么做？

不悲伤，不绝望，默默修炼自己，然后等风来。

说的是张亮，是小红，也是滚滚红尘中的你我。

# 每天叫醒我的，不只闹钟，更有梦想

清晨五点多的时候，我已经改完当天最新一遍文案，时间尚早，就翻看了一眼朋友圈，顺手点了几个赞。一上班，竟收到几条相似的信息：“苏心姐，你白天忙工作，晚上写东西，还起这么早，你那么拼是为什么呀？”

嗯，我有一份稳定的工作，薪水已足够我日常开销。我算不上节俭，但也绝不奢靡。而且，我不喜欢珠宝，只手上戴着一串砗磲手链。

房子我有两套，私家车在十年前就买了，按小伙伴的想法，我已是中产，完全没必要这么拼。

可是，我确实很拼。

我的日常工作是各种培训、各种招聘、各种会议，每天忙得手脚朝天。中午的时候，会有半个多小时的安静时光，我便边吃饭边写点儿东西。

如果没有特殊情况，晚上六点多的时候我回到家，就一头扎进电脑里。做饭的事交给老公（炒菜除外，他不会），他很支持我，自诩

“家政男神”（在此给他点一万个赞）。

晚饭我吃得很少，基本只喝一碗粥，然后就开始忙碌。写稿，投稿，改稿，看书，打理平台……当然，我会尽量早睡。我热爱很多东西，但我最爱的还是自己的身体。

我这么拼是为什么呀？当然是有理由的。

### （1）为了应对不时之需

2010年，母亲住院时，隔壁住了一个老头。刚开始的时候，还能看到他的一儿一女陪护，后来就不见人影了，据说是因为承担不起医药费，都逃遁了。护士天天催医药费，老人也联系不上儿女，就躺在床上大哭，整个楼道都能听到。

老人的儿女也并非不孝，只是他们的日子都过得实在困难，老头得的是慢性病，几次住院已让孩子不堪重负，只好耍赖了。

生活就像一辆行驶的汽车，路上难免会遇到这样那样的状况，所以身上一定要多带点儿钱。用不上更好，万一用上了也不至于呼天抢地。

### （2）为了亲人的笑容

我的父亲是公职退休，退休金也不低，可舍不得花。他们那代人受过的苦是我难以想象的，他们手里无论有多少钱都不会大手大脚，一块人民币恨不得当成一块银元花。

这几年，我每逢春节都会给父亲一个小红包。钱不多，但是父亲接过时脸上会笑成一朵花。不为别的，单为这笑容，我也要努力挣钱，争取给他老人家的红包大一点儿，再大一点儿。

今年过年时，老家的亲戚打电话和我诉说生活的种种艰难。因为盖了一栋新房子，借了外债，全家几乎半年没吃肉，孩子们都馋坏了。

我替他写了一份救济申请，领到了两千块钱的救济金。我把钱拿给亲戚时，看到他眼里含着泪的笑，我的泪差点儿掉下来——我一定要好好努力，让自己有能力带给亲人更多的笑。

**（3）为了自己无悔，也为了给女儿做个榜样**

去年，女儿一次期中考试成绩不理想。我很生气，又怕直接说会引起她的逆反，就给她写了一封情真意切的信："宝贝，请听我说。我曾无数次后悔青春年少时的不努力。那些错过，我绝口不提，却念念不忘。总是在一次次失意时，将心上的伤，血淋淋地揭开。

"如果……当初……就……

"可如果只是如果，一切都不可能重新来过。若有机会重新来过，我一定比当年更勤奋，因为，我本可以攀登更高的山峰，而不必羡慕那些站在高处的人……"

女儿看后，给了我一个大大的拥抱，表示一定要好好学习。

曾经有人对老人做过一个调查，让他们填写一生最后悔的事。排在首位的是：因为没努力过而虚度了此生。如果有来生，一定好好努力，不白活一世。

是的，人生最大的遗憾莫过于"我本可以，但却没有"。

我这么拼，是为了将来有人对我做调查时，可以不用把希望寄托在缥缈的来生，而为自己已经拥有一个精彩的今生而无悔无憾。还有，我要做一个优秀的妈妈，给女儿树立一个好榜样。

### （4）为了保持随时离开的能力

现实中的我不爱说（废）话，喜欢沉默和思考。单位里的“宫斗”更是躲得远远的，但是你不争，不代表别人会放过你。有时你越退，就越会被人挤对。有一段时间，我莫名地被降职降薪，面对同事复杂的眼光，我有种被逼到墙角的感觉。

我本想说一声good bye就离开，可是我可以不顾及多年经营的人脉关系，得顾及自己的生计所系吧？各种保险、住房公积金，牵涉的东西实在太多。我日日纠结，恨自己没有随时离开的能力。

那段时间，我屏蔽了所有不友好的目光，专心写字。我每晚都熬夜，天天带着黑眼圈上班。有时困得实在睁不开眼时，我就告诉自己：你必须努力，一个字一个字地救赎自己，否则你会一直没有选择的权利。

梦想犹如春花一路绽放，如今，我已从墙角走到了大路上。

为了让自己保持随时可以离开的能力，我是不是该努力？

### （5）为了有一个丰盈的老年

小区花园中有几排长椅，经常看到一些老人坐在上面聊天。我偶尔在晚饭后去那里散步，几次都遇上一位阿姨。她特别愿意主动打招呼，只要我一接话，她就说起来没完。弄得我走也不是，不走又难受。

后来听邻居说这位阿姨的老伴儿前年去世了，她儿子在美国，很少回来。她一年四季只要天气不太恶劣，就坐在长椅上等人聊天。

有段时间电视上曾反复播放过一个宣传片，一位老太太做好了满桌子的菜，等着回来看望她的孩子。却接到一个个孩子说忙得回不来的电话，电视屏幕上的老太太满脸落寞地坐在空空的屋子里。

这个片子，似乎更容易让人看到老人的孤独和子女的不体贴，我看到的却是老人精神世界的荒芜。

这不是我想要的老年。

我要的老年是，有自己的精神世界，日子活得丰盈充实，淡定从容。不会为自己的老伴儿和别的老太太跳广场舞而吃醋，不会让孩子因为忙于事业少了看我而心有愧疚，更不会活在期待电话的孤独里。

记得六六曾写过一篇文章——《为自己的老年，我时刻准备着》：老年人不仅要保重身体，还应注意理智与心灵的健康，因此老年也得不断学习。一个总是在这些学习和工作中讨生活的人，是不会觉察自己老之将至的。

发愤忘食，乐以忘忧，不知老之将至。我希望自己年老的时候，感受到的，依然是活着的美好。

每天叫醒我的，不只有闹钟，更有梦想的力量。为了梦想，我必须要：一、直、努、力！

# 不急，你想要的，时光都会给你

我在电脑上看《甄嬛传》，正演到甄嬛和宁嫔的一段私语。

宁嫔："那些合欢花是册封熹贵妃之时，他送你的贺礼。因怕你夜夜为此心痛，所以嫔妾便说自己是夜不安寐，需留合欢烹煮疗养，还好皇上同意了，要人把那些合欢移栽在嫔妾宫中。"

甄嬛："多谢你。"

宁嫔："那就别轻易放过他！"

甄嬛："不急。"

前一个"他"指的是果郡王允礼，后一个"他"指的是皇上。两位深爱果郡王的女人，要为被皇上害死的果郡王复仇。

那一刻，甄嬛的眼睛望着前方，自信且隐含着杀机，缓缓吐出两个字："不急。"从她稳操胜券的脸上，我看到了结局。

果然，一切都在她的掌控之中。皇上的身体越发虚弱，直至卧床不起。接着甄嬛剪除了雍正的亲信夏刈，并在他驾崩后把自己的养子四阿哥扶上了金銮宝座。而甄嬛与果郡王的爱情结晶——六阿哥，则"过继"给了果郡王，去为他守祖。

后宫杀戮，手足相残，甄嬛再不愿自己的儿子裹挟其中。此时，新皇敬重的皇太后甄嬛，已经将命运完全掌握在自己手中，再不是那个整日担惊受怕的妃嫔了。

假如当初熹贵妃甄嬛沉不住气，凭着一腔意气为果郡王报仇呢？估计，会是一个完全不一样的结局吧。所以，不急，才是最大的智慧。

记得那日婆婆生病，老公急匆匆开车赶往医院。我在旁边一直说：“慢点儿开，最多十五分钟就到了，不在乎这一时半会儿的。”老公生气地噎我一句：“那是我妈呀，我能不急吗？”看他红头胀脸的样子，我懒得再理他。

车子拐了一个急转弯，走了几米，老公急踩刹车。我忙问：“怎么啦？”他没理我，下车查看，我也跟着下了车。只见一个轮胎正慢慢瘪下去，还发出哧哧的放气声。肯定是刚才拐弯太急，压在什么尖锐的东西上了。因没带备胎，老公懊恼地掏出手机，给一位熟识的修车师傅打电话。好在离得并不远，修车师傅的车很快到了。他利索地卸下坏胎，将带来的备胎装上。

回到车上，看看表，已经耽误了二十多分钟。我好气又好笑，想起看过的一个故事。

古时候，有位秀才带着书童进京赶考。眼看天色已晚，二人一路小跑想在关城门之前进去。书童挑着行李和书，急匆匆跟在秀才身后奔走。迎面遇到一位老者，秀才问：“老人家，我们在关城门前能进到城里吗？”老者回答：“快走不能，慢走则能。”书生很郁闷：“这算哪门子道理，走快了倒进不去了呢？”秀才不理他，招呼书童，继续疯狂地赶路。

书童脚步匆匆，一个跟头绊倒，书散了一地……待主仆二人收拾好散落的东西，天已经黑透，进城是没戏了。秀才这才想起老者的话，如果走慢些，书童就不会被绊倒，是可以赶在关城门前进去的。

老公听完我讲的故事，一言不发，若有所悟。

其实，多少时候，我们总是行色匆匆，以为快了便能得到想要的东西。揠苗助长而苗死，才知道万物生长需要等待；出了差错，才知道做事不能太急。

有一句俗语，“心急吃不了热豆腐”，说的就是刚出锅的豆腐特别烫，如果不等它凉了就去吃，肯定会烫伤。原来，吃一块温度刚好的豆腐，都是：不急。

而幸福是等在门外的晨曦，只有熬过那段黑暗的夜色，它才能推门而至。

不急，慢慢走，你想要的，时光都会在合适的时候送给你。

# 你连眼前都苟且不了，还谈什么诗和远方

熬那些很苦的日子一点都不难，因为我知道它会变好。

——马云

我正在上班，接到A君打来的电话，顾左右而言他了半天才切换到主题。他说我人脉广，能不能帮他介绍一个好点儿的公司？他现在的公司太烂了，一天也不想待下去，刚刚打了辞职报告。

我在心里默默叹了一口气。就在几日前，他和我在微信上说自己再也忍受不了眼前的苟且，要去寻找他的诗和远方。

我知道，手头这份简单的工作他早就干腻了，一心想找一个可以实现“宏伟抱负”的平台。

A君是我两年前的同事。我当初录用他，就是看中了他的名校出身，想日后重点培养。别人的宿舍都是两人一间，他自己住单间。一日三餐，也是职工餐厅专门给他们几个重点大学的学生开的小灶。可是，他来了三个月，换了两个岗位，始终找不到感觉，不久干脆就辞了职，去了他同学所在的公司。

A君和他在其他公司上班的同学保持着频繁的联系，他总是比较

一番之后觉得那里更适合自己，然后想方设法跳槽。但往往远远看着好的单位，去了就觉得比期望值差了许多，于是再跳槽。

毕业两年，A君一直处于跳槽状态。如果他一毕业就踏踏实实干一份工作，估计现在离主管的位子也不远了。可是，从我这里离开后，他已经换了四个单位，到哪里都得从最基础学起。他每到一个新单位，学这些东西就烦，感觉自己大材小用了。可他没有认真钻研过一个课题，谁敢把项目交到他手里？高不成低不就，就这样换来换去。

我不知道他什么时候能够安定下来，认认真真做一份工作，只知道他连一份简单的工作都做不好，跳到哪里也没用。

我有一位当老师的朋友，暂且称他为B君吧。B君师范毕业，分到一个离市区很远的小村庄当校长——那个学校就他一位老师。他一句也没抱怨，在那里安心教学。

B君所在的那个村子太小，几个年级的学生加起来都不够一个班。他就把所有的学生聚到一个教室，然后从早到晚一天要讲六个年级的课。在这种条件下，B君教出的学生成绩依然很好。后来，他被调到乡中学当老师，一干就是十几年，送走了一批又一批的学生，迎来了一批又一批有了成就来看他的桃李。

B君虽然只是一位普通的老师，但是他把教学当成了一项神圣的职责，从来没有一丝懈怠和马虎。有人劝B君辞职去大城市闯一片自己的新天地，说他一辈子窝在农村太憋屈了。B君笑着拒绝了，说自己从未觉得憋屈，他的工作让他实现了人生价值，他的心早已在远方的诗里。

是的，B君虽然待在那个交通都不甚方便的农村，但是他的文字已经发表在国内许多杂志和报纸上。而且，他已陆续出了几本书。

正如B君所说，他的心一直都在路上，那里不仅有诗，还有花香和月光。

前段时间看过一篇文章——《没有实力，谈什么情怀？》，虽然看似功利，但确实有几分道理。如果连一份安身立命的工作都做不好，还谈什么诗和远方？努力挣钱，是能让你活得更自由的有力保证。只有除了情怀，什么都不缺时，才有底气谈纯粹的情怀。

有些时候，你或许迷茫，平凡如你，不知道下一步该怎么走，才能走向心中的远方。

你现在做的工作，也许过于平淡，也许就是一地鸡毛，睡得比狗晚，干得比牛多。但这些都是成就你不可或缺的基础。只有把基础夯实了，才有可能万丈高楼平地起。每天认真低头拉车，把手头上的事做好，三五年后再看，当初和你一样迷茫的人依旧迷茫，你却早已脱胎换骨坐在阳光下浅酌低吟，笑看风景。

而事实是，只有把眼前的苟且变成可以享受的生活时，才能把一杯咖啡喝出优雅的滋味。

# 每晚临睡前，问问自己和早上有什么不同

今年制造业不景气，很多企业纷纷降薪裁员。女友B也中枪了，公司第一轮人事变革她就被降了薪，据说没被裁员已是幸运。她给我打电话抱怨了很久，问我该怎么办。

通货膨胀，物价越来越高，上有老下有小，工资竟越挣越少，真是让人生气。辞职吧，自己又没有什么特殊技能，一时半会儿找工作也不那么容易。再说在那家公司都干了十来年了，这样走了真是不甘。可是，留下来继续干，又实在窝火。

B让我给她拿个主意。我不知该怎样回答，就给她讲了A的故事。

A是我的同学，曾经的学霸。大学本科毕业时，恰好赶上最后一班包分配的列车，却因没有门路，只分到了一个效益很差的国有企业。她刚刚上班几个月，就下岗了。单位的那些老人，个个不是善茬儿，让谁下岗都说不好会出人命，只有朝新人开刀了。

我替她鸣不平，她是本科毕业生，有学历，有潜力，却第一批下岗。我打电话过去想安慰她一下，她反而把我开导了半天。

她说："不吃大锅饭，我可能活得更好，那种半死不活的单位，早点儿离开也不一定是坏事。"

我怯怯地问："从体制内一下子来到体制外，你真的不伤心？"

A沉思了一下回答："伤心有什么用，还不如把伤心的时间留着努力，让自己变得更好，还怕找不到好工作吗？"

A在一家民企找到了新工作，并凭着优秀的表现很快脱颖而出，成了单位的骨干。在我们还天天挤公交上班的年月，A就买了一辆别克。她经常开车去旅行，美丽的大好河山里，留下很多靓照，让我心生各种羡慕。

可民营企业大多任人唯亲，人际关系复杂，我辗转听说她在公司里很受排挤。A是那种只会低头做事、从不辩解的人，这样的性格注定会吃亏，我时常隐隐为她担忧。

上个月，A在朋友圈秀自己在单位散步的照片。我觉着眼熟，仔细看，发现那是一家待遇好得让人眼热的上市公司。因为业务关系，我去过几次，对那片花园式的办公区印象很深。

原来A换了单位，我兴奋极了，赶紧给她打电话，A淡淡地说："嗯，来了两个多月，财务总监，猎头公司推荐的。"我问："听说你在原单位受排挤，是不是因为这个离开的？"A不屑地说："我从不掺和那些烂事，只把时间用来提升自己。自己变强大了，保持能随时离开的能力，这才是最重要的。"

这些年，A无论工作多忙，都不忘给自己充电。别人闲聊的时候，她在看书；别人休息的时候，她在参加培训；别人看电视的时候，她在写东西；别人宫斗的时候，她能躲多远躲多远。

A报了几个培训班，每天忙得陀螺一般。在单位那帮人斗得焦头烂额的时候，她一转身，面前已是海阔天空。

A在朋友圈里曾发过一段话："抱怨是最没意义的事情。如果实在难以忍受周围的环境，那就暗自练好本领，然后跳出那个圈子。"

这样的话，或许我们每一个人都听过，可又有多少人在暗自努力练好自己的本领，有了随时离开的底气？

是的，这个世界有很多不公平，但最公平的就是，每个人每天都拥有二十四小时。时光有限，我们每一个人的精力更是有限。把精力花在修炼自己上，不伤心，不抱怨，不宫斗，不浪费唇舌，每天进步一点点，留着所有的时间把自己变成最好的。

一天、两天、三天，你和身边的人看不出什么区别，但假以时日，一定会让人刮目相看：天哪，他明明和我一路同行，怎么竟一下子飞上枝头成了凤凰？

听完A的故事，B欣然挂了电话，一会儿从微信上给我发来一个"加油"的手势。

总说时光无情，那是因为你在浪费它。时光其实最有情有义，你投入得越多，它回馈得就越多。哪怕很长一段时间都像往深井里投入石头，悄无声息，可只要你投得足够多了，终有一天它会突然还你一个大写的惊喜。

每晚临睡前，问问自己和早上有什么不同。当你的质地变得卓尔不群了，还愁没有华丽转身的机会？

# 人生没有白走的路，弯路也算数

前同事小林是几年前我从大学招聘会上直接招进来的，和我比较亲。

小伙子学业扎实，做事也认真，可就是情商让人着急，结果闹得很孤立，还得罪了层层上司。小林参加工作这几年，无升职，无加薪，加班加点倒是家常便饭。

他很郁闷，经常和我发牢骚，说自己是农N代，无钱无背景，上个班还这么受气，真是不让穷人活了。

我也不能越俎代庖改变他的处境，只委婉告诉他做事要讲究方式方法。但部门内部对他的印象已在心中定了型，虽然他也在努力改变，但每次考评成绩总是部门最差。

去年，小林辞职去了一家新单位。由于他之前是技术岗，按规定三年内不能从事同行业工作，无奈改行做了管理。

微信上，小林常常和我说自己这几年白干了，一切都得从头开始。我说人生没有白走的路，他反驳：那是走对了路，我现在就是在走弯路。

我不愿和他争执，只告诉他记住前车之鉴，好好工作。

在新单位，小林着意收敛个性，和领导、同事意见不统一时也注意方式方法。因为他有工作经验，做事又认真，虽说专业不同，但很多知识都是相通的。实习期满转正时，领导对他的工作很满意，薪水定得不低。

上周，我正焦头烂额地准备半年述职报告，小林兴冲冲打来电话，说自己年中考核是部门第一名，下月开始加薪。

小林说："姐，你说得对，要不是我汲取那几年的工作经验和教训，转正时薪水不会定那么高，更不会这么快又要加薪的。"

是呀，谁的成就也不是凭空而来，都是从前经历的累积，哪有什么从天而降的运气，不过是在某一个瞬间叠加显现出了成果。

就像我的文友燕子，也是从埋怨命运对她的不公，懂得了命运的善意。

2006年，燕子大学毕业后，在家乡的小城找工作四处碰壁后去了北京。她人生地不熟，只能从最底层做起。她先去了一家电脑店当店员，从原来对电脑一知半解到成了行家。

后来，她跳槽去了一家广告公司，几个编辑软件她都不会使用，她就每晚睡在公司的沙发上，利用晚上学习软件。

那年的冬天异常寒冷，公司因为不提供住宿，一到下班就停止供暖。燕子每晚都围着棉被坐在电脑前练习，手指一会儿就冻僵了，然后她就缩进被窝暖一暖再继续。

那是一段喝口凉水都塞牙的日子，业务不熟，待遇很差，经常挨批。晚上有时整晚整晚地失眠，她就爬起来把自己的心情写成一段段真情实感的文字。

她说，那时的她经常哭着写东西，她的好多文字里都裹着她的泪。一个女孩子，得不到命运的恩宠，在异地他乡，无男友，无钱，无好工作，这是什么日子呀？她无数次涌起回家乡的念头，都在太阳升起时打消了。

后来，一家知名网站招编辑，各种福利待遇很好。她投了简历和几篇稿子过去，一下子被选中。复选时有十几个人参加面试，只有她懂电脑软硬件，文笔又好，最后被录取。

空闲时，我和她会在QQ上有一句没一句地聊天。

她说自己常常站在办公室的落地玻璃窗前，看着三环路上匆匆来往的如蚁行人，回想刚来北京时自己的艰难。

原来，当初命运设定的那些弯路都是来成全她的。她曾经哭过的夜，吃过的苦，干过的貌似几乎无关联的工作，竟然在一个机会面前，打包还了她一份惊喜。

众生都在修行的路上，而我们，总是试图在寻找通往命运坦途的捷径，恨不能一下子飞渡到梦想的彼岸。可有时捷径却是把双刃剑，让你欣喜的同时也埋下一颗雷。在某个不经意间，这颗雷也许就会爆炸，把你炸得面目全非。

就像新修的公路，越是宽阔，越是漫长，设计的弯就越多，而不是一条直线，否则，出事故的概率会大很多。

生活的善意，我们总是会错意，在泥沙俱下的生活面前总是谩骂：天地不仁，以万物为刍狗。

其实，命运从来不放弃任何一个心中有光的生命，哪怕是一棵小草也会给它荣发的春天。只要你坚持走下去，走过寒冬，春风一到，处处皆是郁郁葱葱。

正如李宗盛所说：时过境迁，终于明白，人一生中每一个经历过的城市都是相通的，每一个努力过的脚印都是相连的，它一步一步带我走到今天，成就今天的我。

是的。

人生没有白走的路，弯路也算数。

# 每一个努力的女子，都值得拥有完满的爱情

几年前，我的同学玲子被逼到婚姻的死胡同里。没有狗血剧情，不过是最陈词滥调的丈夫出轨。那个当初信誓旦旦爱玲子一辈子的男人，不愿再和玲子胼手胝足过穷日子，同一位“白富美”搞到了一起。

玲子苦苦挽留已经变了心的丈夫，可是，对那个已经不爱她的男人来说，她的哭泣是错，她的呼吸是错，她诉尽爱意是自取其辱。

绝望之际，她不得不在离婚协议书上签了字。

从民政局回来后，玲子大病了一场。我去看她，也只能一遍又一遍重复着几句废话：“会好起来的，别难过，身体要紧，还有老人和孩子呢。好好生活，气死那对狗男女！”

但我理解玲子的难。她在一家事业单位上班，薪水不高，丈夫大发慈悲没有争夺的房子要月月交按揭，孩子要抚养且不能马虎。父母年事已高，虽不用玲子的钱，也不能再给他们增加负担，在他们面前，还要强颜欢笑。

玲子虽然柔弱，却有一颗屡败屡战的心，跌再大的跟头，也能爬

起来接着跑。

还是犹豫了几日，玲子辞职，把孩子托付给父母，怀揣着一张会计证去了深圳。

她先应聘到一家小公司做了会计，算是有了落脚的地方。然后，她努力拿到了会计师资格证，接着换了一家大公司，当了会计主管。

那些头悬梁锥刺股的场景，是我猜想的。反正如今的玲子，已经拿到注册会计师的资格证书，跳槽到一家外企做了财务主管。

想象着她在办公室里优雅地喝着咖啡的样子，我就羡慕不已。

生活总是比剧情更加千回百转。

玲子的前夫，被“白富美”抛弃，穷困潦倒地跑到深圳来和玲子争夺当初判给玲子的财产。玲子懒得跟他废话，拿出一张银行卡摔到他脸上，转身离去。

玲子在三十六岁那年，遇到了自己的真命天子——一位外籍男士，是她公司的首席工程师，把她和她的儿子都当成了天使。

微信上，经常看到玲子秀自己新家的模样——花园般的小区里，一座两百平方米的大房子。她金发碧眼的帅老公，一脸深情地拥着玲子母子，她眼里的蜜似乎都要溢出来了。

看《欢乐颂》时，安迪的表现总能让我联想到玲子。

同样是财务总监，同样是豪车高薪，同样是被“高富帅”喜欢，同样智慧能干。

安迪刚刚进入谭宗明的公司，透过几张报表就能指出公司经营的实质问题：销售额在增加，利润在降低，根本原因就是产品缺乏创新……

这样的职场“白骨精”，连沉稳多金帅气的谭宗明，都甘愿默默做她的绿叶。

有人说，十年修得赵启平，百年修得王柏川，千年修得包奕凡，万年修得谭宗明。可现实呢，身边白主管那样的渣男也不少。

一生太长，谁都难免会遇上白主管或是玲子前夫那样的渣男，不是多大的事。

谁不曾喝过不该喝的酒，谁不曾牵过不该牵的手？不要为了渣男而伤心欲绝，你要让自己变得温和而有力量。你要把吃过渣男的那些亏，变成自己脚下的路和顿悟的茶。

而最好的爱情绝对不是仰望的姿态，是旗鼓相当，是门当户对，是你的眼睛与他的眼睛平视。

你见过谭宗明柔情似水对待安迪的那份深情，但是，你可曾听过安迪在星光尚存的清晨里琅琅的读书声？你可曾看到过她在寂寂如墨的夜里，灯下伏案的身影？你可曾知道她在多少个焚膏继晷的深夜，一遍遍计算那些难懂的数据？

斯人若彩虹，遇上方知有。亲爱的，当你修炼成了安迪那样的女子，还愁吸引不了“谭宗明”们的目光吗？

到那一天，你可以优雅地倒上一杯白酒，与所有破碎的感情，所有无缘的风景，所有相聚不如相离的人，举杯作别，让往事入土。再倒上一杯红酒，握住你那个“谭宗明”的手，与他在岁月轻歌、时光潋滟中，共舞。

玲子、安迪、你、我，还有“520”带给我们惊喜的林心如……

每一个努力的女子，都值得拥有完满的爱情。

## 你的环境，决定你的价值

我们常说，把合适的人放在合适的位置上。所谓锦衣夜行，明珠暗投，不是时间不对，就是空间相悖。

——题记

十年前，有一段时间我没上班，亲戚求我给他的服装专卖店管管账。十多个人的小店，聘一个专业会计成本太高，可那些店员处理账目确实费劲，来往账乱得一塌糊涂。

我正嫌在家带孩子闷，就把女儿交给妈妈，去亲戚店里帮忙了。

服装店卖的是两个运动装品牌，一周内包退换，账目主要乱在这里。我只负责一笔笔记账，钱货清楚就行，工作量不大，更多的时间是看店里真实的情景剧。

店长是个三十多岁的女人，看到她第一眼就想起贾宝玉说的那句，女人一旦嫁了人就变成一双死鱼眼。但是，她比贾府那些管事的女人厉害得多，只要没有顾客在，就能听到她大声训人。我一度以为她是“早更”，按说她应该不到年龄。

因为我是老板的亲戚，还能偶尔荣幸地看到她的一点笑容，至于那些店员，就看造化了。

店员的文化程度普遍不高，据说之前也有过几个学历高一些的，都因受不了店长的训斥，辞职了。

别说，还真有一个高学历的店员，是那年刚毕业的本科生。一时间没有找到合适的工作，继母逼着她挣钱，她就饥不择食地进了这家店。

大学生学的是新闻专业，我见过她写的东西，文笔很赞，可惜在这里没有一毛钱用处。她比别的店员要沉静，时常处于一种发呆的状态，接待顾客也表现得不那么机灵，显得与那个环境很不搭。

这个女孩儿是店长训导的重点对象，偏偏她又不辩解，只低头听着。如此一来，那些店员天天打小报告给店长，说那女孩儿的各种不是，也无非给店长找一个显示权威的对象，让自己少挨骂。

有人的地方就有江湖，而江湖险恶，在饭碗易丢的地方显得尤为突出。

好几次，几个店员在我旁边不屑地嘀咕："哼，大学生就这德行，像个傻子似的！"我算不上正式员工，更像个看客。这些人的表现我都一一看在眼里，抓尖，讨好，撒谎，落井下石，说别人是非——除了那个大学生。

她更多的表现是沉默，也许是在思考。不久，那个女孩儿辞职了。

一天，一个店员高声尖叫，我以为她触电了，赶紧跑过去看。

原来是那个大学生出现在电视屏幕里，正在一个现场做专题报道。她神采飞扬的模样，和之前在店里的形象简直判若两人。我看了看旁边的字幕，写着"某某记者"字样，果然是她，不过又不太像她。

那一刻，她身上仿佛笼罩着一层光芒，整个人都熠熠生辉。店长也凑过来看，她铁青着脸，鼻子里发出重重的哼声：“老天真是不长眼，这种笨蛋也当记者！”我默默翻了无数个白眼：“你懂个啥，燕雀安知鸿鹄之志！”

两个月后，我离开了亲戚的专卖店。偶尔和那里的店员在QQ上聊天，说得最多的就是那位店长。从店里辞职的人，如果在外面混好了，消息传来，她总是表现得气愤又痛恨，像一记耳光打在脸上一般。我听着有种说不出的兴奋。

朋友L是注册会计师，在珠海一家大公司上班。一个博览会上，他偶遇了一位房地产老板。这位老板不知从哪儿打听到L财务专业厉害，于是千方百计想把L挖到自己的公司做财务总监。

其实，那位老板是有目的的，他是想让L在账目上做手脚。而L恪守职业操守，只按原则做事。慢慢地，二人的关系就像离开火炉的水——越来越冷。L最终提出辞职，老板痛快签字，临别露出一脸不屑：“你也不怎么样嘛！”L冷冷地留下一句话：“橘生南方为橘，橘生北方为枳。”

看过一位作家写过的一篇文章，述说自己曾经在小城找工作的种种窘境。她从一位伯伯家（她父亲的朋友）出来，如丧家之犬，失魂落魄，心里结了冰，不知道应该去哪里。

后来，她去了省城。用她的话说，就像随手抽中的一根签，上面却写着“上上大吉”，生活得顺风顺水。当编辑，结婚，买房，生子，人际关系简单到可以忽略，那里似乎是为她量身定做的一座城市。

其实，哪里有什么上上签，不过是对的人放到了对的环境中而已。

可现实中，更多的人是一直待在一个不适合的环境中，哪怕是步步艰难，过着身心俱疲、暗无天日的日子，也不愿离开熟悉的地方。正如张爱玲所说，像是在长凳上睡觉，抱怨着抱怨着也就睡着了。

而肉体是每个人的神殿，不管在那里供奉什么，它都应该更美丽，更灿烂。把自己放在最合适的地方，让身心愉悦，闪烁光芒，才是对自己做的最大功德。

# 你做事的态度里，藏着你的贵人和未来

下班的路上，手机响，传来小周兴奋的声音："姐，我升职了，海外事业部经理，我终于也挣年薪了！"

小周是我的一个前同事，他学的是国际贸易，由于在我们这里专业不对口，他辞职去了一家贸易公司。

记得两年前那个31号的下午。已经过了下班时间，我正要关电脑回家，小周发来当天的工作日志。

这是公司规定，每位员工都要在每天早上一上班，把前一天的工作日志发给我们部门。现在发，是因为他明天就不来上班了。

我打开小周的日志，在他在岗的最后一天，工作依然安排得一丝不苟。本来他白天已经把所有的离职手续都办完了，完全可以不必再写日志。

那一刻，我心里一动——这个不言不语的小伙子，做事的态度，认真得让人感动。

记得当初小周来应聘时，虽说专业不对口，但他的表现非常出色，初试复试成绩都排在前面，属于破格录用。

小周被安排到了技术部，那些高难度的软件他之前基本没有接触过。不知道他付出了多少努力，竟用一个月时间，全部学会了。那段时间，他整个人瘦了一圈。

正想着，小周来和我道别了，我们互相加了微信。

他临出门时，我说了一句："你会很快实现自己的梦想。"

他有点吃惊："姐，你为什么这么说？"

我没有正面回答，反问他："你有什么梦想呢？"

小周想了想："姐，我来自农村，家庭条件不太好，我的梦想就是希望有一天和咱们公司的高管一样，挣到年薪，让我的父母过上好日子。"

我微笑："你没有问题的，到时候别忘了告诉我，让我替你高兴高兴。"

小周用力点头："必须的，姐，保持联系。"

这两年，小周每有开心或者烦恼的事时，时常和我聊聊。他说自己很幸运，总是遇到贵人的提携。

在新公司，小周刚去不久就做了主管，两年几个台阶，事业一直处于上升状态，也实现了自己的梦想。

小周的话让我想起我的朋友张总。

前段时间我去张总的公司，正值那里大动工程，盖职工公寓、游泳馆、体育场、健身馆，简直就是一个现代化大型企业的模样。

十年前，张总的公司只有二十多亩地。在一次博览会上，他认识了广东的一个大老板，抱着试试看的想法，张总向这位老板推荐了自己的公司。看他态度那么认真诚恳，广东老板就带着集团几位高管来考察张总的公司了。

正值腊月，天寒地冻，广东客人穿着单薄，一下飞机就喊"冻死了”。在机场接客人的张总，早就为每人准备了一件羽绒服，一行人对他纷纷点赞。

到了张总的公司，广东客人对他精工细作的产品很满意。但根据设备场地计算了产量，不符合采购标准，合作的事暂时就搁浅了。

但这次考察，张总给广东客人留下了很好的印象。

广东人有吃消夜的习惯，他们入住的宾馆不提供这项服务，张总每天晚上十点，都准时给每位客人煮一份消夜送到房间。

没有成为合作伙伴，却成了朋友。逢年过节，都彼此发节日问候，或者互寄一份土特产。

早在七八年前，张总的公司就开始了二期建设，产量翻了几倍。那位广东老板也成了他们最大的客户。在经济低迷时期，张总就是靠这位大客户的支持而渡过了难关。

记得前段时间看《欢乐颂》，演到关雎尔在工作中遇到了挫折，和安迪哭诉：“姐姐，长大好累呀，做事好累呀。”

安迪说：“和你分享一件愉快的事吧，我和小曲曾经讨论过，如果你哪天失业了，我们都愿意聘用你。”

关雎尔惊喜地问：“为什么呀？”

安迪回答：“因为你是一个很认真而且能做好事情的人。”

是呀，哪个人不喜欢做事认真又能把事情做好的人呢？

用心把一件件小事做好，就像一针一线地刺绣，近看是简单的针脚，放眼望去却是一幅美丽的画卷。人生就是无数细小的积累。一屋不扫，何以扫天下？

整天想着升职加薪，却又不安心工作。你宁可坐在办公桌前不停地刷朋友圈、刷微博，看着别人一步一步抵达自己的诗和远方，也不愿用心把自己分内的事情做好。连最基础的工作都做不好，谁愿意给你机会？你又何谈自己的未来？

你认真读书的样子，你认真写字的样子，你认真工作的样子，真的很美。

你做事的态度，能吸引你的贵人，也能助你抵达美好的未来。

你，才是自己的贵人。

## 我见过每个凌晨的模样，以及每个夜晚的灯火阑珊

当我退役的时候，我希望回头看我走过的路，每一天，我都付出了我的全部。

——科比

零点的时候，我为一早要发的新文做最后一遍预览。闺密梅子在朋友圈发了一条《欢乐颂》的动态。我扔过去一个笑脸，她秒回：你追到第几集了？

呵呵，我哪有时间追剧？

撩起窗帘一角向外望去，对面几个单元楼上的灯已是星星点点。

已夜深。

我虽然没有像篮球明星科比那样见过每个凌晨四点的洛杉矶，但是，我见过每一个夜晚的灯火阑珊，还有凌晨五点半世界的模样。

几年前，我在离家五十公里之外的一家公司做高管。每天五点半，闹钟准时响起，我便睡眼惺忪地起床，并没有一点儿醒盹儿的时间，要迅速做饭吃饭，收拾好自己，六点半下楼，才能保证在八点之

前赶到单位。

冬天的时候，我从家里出来时外面还很黑。我胆子小，每次都念着“佛祖保佑”之类的话，提心吊胆地站在路边等通勤车。很多个下雾的清晨，我被浓浓的大雾包围，又害怕又紧张地看着远方移动而来的每个车灯，生怕错过了要等的班车。

那时的我，奔波不说，头上还顶着一大堆数据，压力很大，我曾无数次产生过辞职的念头。

但只要一想到妈妈因为我而自豪的笑脸，我就告诉自己要坚强，哪怕，假装。

妈妈年轻时也是一枚女文青，上学上到二十几岁，直到嫁给了当军官的父亲。她没有正式工作，家里的经济来源大部分靠父亲。

虽然父亲没有那副“我挣钱养家我是大爷”的嘴脸，但很多年里，我还是感觉到妈妈不是很愿意和父亲要钱。为了让她手里从容些，我每月发了薪水都会给她一些零花钱，并豪情万丈地说：“老妈，随便花，你女儿是一棵摇钱树！”妈妈总是笑成一朵花。

数年后的今天，回过头看那段我一个人秋水长天的日子，尽管有些许的心酸，却忍不住为自己点了无数个赞。

妈妈用整个生命来包裹我，怕我苦，怕我累，怕我痛，或许我今生唯一做过能告慰她的事，就是让她看到过我的全力以赴，看到过散发着光芒的我。

阿凤是我的邻居，她初中毕业后来城里打工，遇到老公结婚生子。等孩子上了学，她已经三十多岁，没有学历，没有技能，只能干一些简单的零工，收入低得不好意思说。

有几次我在阿凤家玩，听到她老公趾高气扬地打来电话问她中午做啥饭时，我都在心里骂一百个“猪头”，然后默默告诉自己要努力。

阿云是我曾经的同事，大学刚毕业就嫁给了一个名校毕业的富二代，她说自己的老公是她费尽心机追来的，不趁热打铁结婚怕被别人抢去。

我劝她好好学专业知识，把自己变成金子，老公才愿意时时捧在手里，才会去珍惜。可很快我就发现，我说的这些对于阿云基本就是废话。她根本听不进去，她把精力都放在了跟踪调查她老公的行踪上。

后来，我和阿云不再说工作以外的话题，我懒得浪费自己的口舌。再后来，阿云神色黯然地辞了职。单位爱八卦的大姐说她老公有了一个很优秀的新欢，婆婆全家组团支持离婚。

我并不吃惊，因为我见过太多鸡肋的婚姻中，总有一个不肯上进的人。哪怕不离婚，那座围城里的两个人也已是貌合神离。

位卑不敢不努力。

我见过每个凌晨的模样，每个夜晚的灯火阑珊，只是为了遇到那个最好的自己。

其实，我也并没有多么累，却比很多人拥有了更多的时光。那些凌晨和夜晚并不是无声的世界，而是有情的众生，我一直被它们加持，从而将日子过得生动而从容。

在这个世间行走，每个人何尝不是航行在夜海中的船，恐惧感与生俱来。哭有什么用？要学会咬紧牙关驶向自己的彼岸。

科比说过：当我退役的时候，我希望回头看我走过的路，每一天，我都付出了我的全部。

如果，你也能像科比那样，带着对篮球的热爱，带着对伤痛和疲惫的热爱，倾其所有地爱着自己的梦想，坚持走下去，也一定能遇到那个最好的自己。

# 人生最差的结果，也不过是大器晚成

女儿的同学来找女儿玩，两个人手挽手欢快地下楼了。看着她们一蹦一跳的背影，我笑了，曾经，这个年龄的自己不也这样吗？

在我读初中的时候，女同学还没有现在的孩子这么会穿，但也有几个女生总是在引领潮流。只要看看她们穿的衣服，就会知道外面正流行什么。

给我印象最深的，是读初三那年一位女生小敏，用天生丽质形容她一点不为过。更重要的是，人家学习又好，是真正的学霸。

说来奇怪，和小敏关系最好的，竟是我和另外一位女孩儿小雪，我俩都是标准的丑小鸭。或许，更多是因为我俩是她的粉丝吧。

尽管时代不同，少男少女的情怀还是一样的，在班里，有很多男孩儿的目光整日追逐着小敏，她骄傲得像一只白天鹅。我没享受过那种被顶礼膜拜的感觉，我的青春是清冷的，没有得到多少男生追逐的目光。

中考过后，小敏成绩突出，在我和小雪羡慕崇拜的目光中，去了外地一所重点高中读书，我俩则上了两所不同的普高。

几年后，小敏上了一所重点大学，我上了医学专科，而小雪，高中毕业就进了工厂上班。我们的友谊就此中断，基本失去了联系。

再后来，我与她们二人也曾遇到过，都是匆匆打过招呼就此别过，再也没有了青春年少时的亲昵。

或许，年少时的友情只是纸质的，风一吹就能刮走。

我只知道小敏这些年日子顺遂，在福利待遇好得让人眼红的单位，有官二代老公。所谓岁月静好当如是，三十岁的小敏还像没结婚的女孩一样，长着一张少女的脸。相比起来，小雪似乎就显得逊色许多，她嫁给了一位中学老师，日子过得不咸不淡。

去年，我在一次儿童益智培训课上遇到了小敏。她穿戴考究，珠光宝气，可看起来并不耀眼，反而透出一点儿俗气，缺少了我喜欢的那种书卷气。

培训还未开始，我们挨着坐在一起聊天。毕竟好几年没有交集，所说的也只有老公孩子。

我本来想说说那天的培训主题，升华一下我们的聊天内容。可是，几次扭转话题，被小敏拽回到电视剧里，和我说那些“欧巴”和“小鲜肉”，估计她这些年没少看韩剧。我渐渐失去了聊天的兴趣，只听她说到停顿处，附和着嗯一声。

培训终于开始了。主持人在台上煽情地宣布有请今天的培训老师：小雪。我和小敏都吃了一惊，以为自己听错了。虽然和小雪少有联系，但她的名字我们还是太熟悉。我俩同时抻长了脖子，目不转睛地盯着台上。

优美的音乐声中，小雪嗒嗒嗒走上台，拿起话筒和全场的人问好。尽管隔着一段距离，我和小敏还是同时确认：真的是小雪。

台上的小雪在聚光灯下自信地分享着她的课程，优雅从容。我坐在台下呆呆发愣，想象不出小雪怎么会出现在这里。这些年，她付出了怎样的努力？

对她的记忆，还是停留在上初三时。记得当时小雪学习成绩中等，任凭怎么努力，也进入不了前十五名，她想死的心都有。

我们班主任是一位睿智的老太太，很会安慰人，她总是对小雪说："没关系，虽然你资质平平，但如果你一直这么努力，最坏的结果，也不过是大器晚成。"

我从没把这句话放在心上，认为不过是老师安慰学生罢了。

其实，并不是。

我们公司就有一位七十岁的高工，他并没有上过大学，原来只是在车间当技术工人。在他四十岁时，硬是通过自学拿下了本科学历。由于底子薄，只是靠着更多的坚持和努力，在五十岁时，他在国家级刊物上发表了一篇论文，接着又取得了中级工程师的职称。

大家都以为以他这样的资质，中级职称已是很不错了。想不到，在他六十岁那年，又取得了高级职称。他的办公软件上有一句话，我一直记得清清楚楚：虽然我行动缓慢，谁曾见过我退后一步？

弱冠已过去，花甲正当年。

是的。这些年，我看到了曾经盛开的鲜花已枯萎，曾经的绿叶却绽放出鲜艳的花朵。就像我同学小雪，就像我同事张工，那种大器晚成的美，更加摄人心魄。

其实，每个人都是一片深不可测的海洋，里面蕴藏着无数宝藏，只要你肯开采，人生就会有无限种可能。

我不行、我不会、太晚了……都是自己给自己找的借口。只要你想做那个自己想成为的人，任何时候开始都不晚，你只需努力并坚持，结果就交给时间去见证吧。

人生最差的结果，也不过是大器晚成。

## 哪有什么洪荒之力，不过是在咬牙坚持

今年春天，我采访本地一位知名的企业家。

上万人的企业，经营得风生水起。老总非常平和，脸上带着淡淡的笑，有那种被命运磨砺过的柔软。我紧张的心情纾解了许多，拿出采访提纲开始和他聊起来。

我问："您的企业做这么大，是不是一直都很顺利？"

那位企业家苦笑："呵呵，做企业就像过山车，忽上忽下，怎么会一帆风顺呢？你还记得2008年那次金融危机吗？

"那年，我们公司受冲击最厉害，几个月里只接了些零零散散的订单，工资都开不出，我急得天天火烧眉毛。后来，有一个中东的大订单，我们也没仔细审合同就接了。工人有活干，有工资挣，公司能运转就行。

"结果，货物到了对方海岸，迟迟没人接货。我们一查，是对方的信用证有问题。那批货就扔在海岸上，公司陷入了绝境。我带着翻译去了国外，在举目无亲的异国他乡，我和翻译一家家去所有有希望买我们货物的客户那里推销这批产品，哪怕赔钱卖，也不能扔那里。

“住了一个月，签证到期了，还没有找到买家，我们只好回来了。隔了一段时间，我们再去，这次，终于找到了一个买主，不过对方把价格压得很低，只比成本价的一半多一点。没办法，再不卖，损失更大，货物在海岸上还要收仓储费。一咬牙，把合同签了，对方打款提货。

在回来的机场，我抬头仰望天空，泪流满面，不知道公司的命运会怎样。”

说到这儿，那位企业家闭上眼，我知道他是在平复往事带来的激动情绪。

过了一会儿，他睁开眼：“好了，过去了，都过去了，那些最难的时刻已经过去了。”

告别那位企业家，我在路上边走边想。

2008年，我在干吗？

那年，我刚刚换了一个部门，对新工作还很吃力。但我根本没有不紧不慢的实习期，因为我是公司的老人，换部门是为了培养我的综合能力。专业知识、新软件、新制度、新方案、新流程，全部要重新学习。

别人一天工作八个小时，我一天工作十几个小时。中午下班后，我就把饭买回办公室，一边对着电脑，一边吃。下午下班后，我总是最后一个走出办公楼。考核制度就像身后的一只老虎，如果新岗位的业绩比之前差，我就会被降职降薪。

记得也是在8月，正值北京奥运会。

那天老公出差了，我想早点儿下班回家陪女儿看电视。领导匆匆走来，拿着一个文件夹，让我加班做个方案，明天要报到省里，里面是一些参考资料。

我给妈妈打了一个电话，让她接女儿去她那儿。

我开始一页一页看资料，然后汇总。做方案时，竟然还要用一个我刚刚接触的办公软件，我打开软件用了半天，还是图不成图，数不成数，急得七窍都冒烟了。

抬头看看墙上的挂钟，已经是晚上十点，我的方案还没有一个字。

最要命的是，那个软件我还不会用。整座楼里鸦雀无声，只能听到自己的呼吸，我趴在桌子上哭了起来。可是，哭有用吗？

万般无奈，我拨通了一位同事的电话求援。我带着哭腔的声音吓了他一跳，以为大晚上我被人欺负了。听我说明情况，他说，别急，我远程教你。

夜里十一点的时候，我终于学会使用那个软件。

我一点一点按要求做好方案。零点三十分，我把方案发到领导邮箱。看着电脑上显示的“邮件已发送”，我长长出了一口气。

我来到大门外，和保安打过招呼，到路边等出租。马路上过往的车辆已经很稀少了，且大多是私家车。偶尔过去的出租车上也挂着“停运”的灯。

等了近二十分钟，眼看都凌晨一点了，还没等到一辆出租车。我决定步行，走一步就离家近一步吧。

公司在城郊，走出一百米，身后的门灯就没有了光亮，只有昏暗的路灯无精打采地亮着。路上没有一个行人，我的心提到了嗓子眼儿，后背直冒冷汗。

我一边惊恐地四下张望，一边疾步前行。忽然有一瞬间，湿漉漉的衬衣领子贴到了我的脸上，是被我的汗水和泪水给打湿的。

凌晨两点半，终于看到了小区的大门。我的心跳慢慢恢复了正常速度。

进门时，正碰上租我家阁楼的房客，他在夜市卖烤串，也刚刚收摊回来。我俩一起回家。我问他这么拼，有什么愿望，他说想在城里有一个自己的家。他又问我的愿望。我说想升职加薪，买辆自己喜欢的车。

八年过去了，2016年的奥运会，当看到女子一百米仰泳铜牌得主傅园慧说出那句“洪荒之力”，我笑了，眼里却流下了泪。

那位企业家、我，还有卖烤串的邻居，也是用洪荒之力走到了梦想最初的地方。

其实，没有谁天生有着无坚不摧的洪荒之力，逼着你往前走的，不是前面的诗和远方，而是身后的万丈深渊。

泰戈尔说：“除了通过黑夜的道路，无以到达光明。”

是的，当与命运狭路相逢，路很长，夜很黑，你别无退路，只能在胸口刻上一个“勇”字，克制着所有的恐惧，咬牙走过那段独行的夜路。

走着走着，天就亮了。

# 把冷日子过温，把温日子过暖

一上班，接到前同事Z的电话，絮絮叨叨抱怨了一通：领导太笨，自己设计的东西他根本看不懂；老板太假，对他一点儿都不真诚，真后悔跳槽去了那里；同事太讨厌，不能和他们愉快地玩耍。总之一肚子负能量，一股脑儿倒给了我。

挂掉电话，我原本灿烂的心情，戚戚然晦暗起来。一大早就收些垃圾，恨不得摔了手机！

Z本来也算颇有才华，只是他眼里总看不到美好的东西。

当初他与我在一个办公室上班，整天为鸡毛蒜皮的事愤愤不平。就算别人觉得很好的一件事，他也会说出一大堆抱怨的话。这不好，那不对，整个一男版祥林嫂。

看着Z那张苦瓜脸上不停翕动的嘴巴，我都有给他用胶带粘上的冲动。

有人说，大雨过后有两种人。一种人抬头看天，看到的是雨后彩虹，蓝天白云。一种人低头看地，看到的是淤泥积水，艰难绝望。

Z就属于后者，我敢说，他走到哪儿都一样，心态这么阴冷，他的日子一准都是阴雨连绵。

我是做HR工作的，更喜欢录用第一种人。那些阳光开朗、积极向上的人，不仅能把工作做好，也能把普通的日子经营得诗情画意。

我的同事C，前年大学毕业后被我们公司录取。他性格温和，脸上似乎永远挂着笑容。我们之间也没有太多交流，也就偶尔见面点点头打个招呼什么的。

“六一”时，他竟然拿着一盒小朋友喝的乳制品来到我办公室，说是送给我的节日礼物。C放下礼物，不好意思地说：“姐姐，希望你天天开心，年年都过儿童节。”

那天，我刚刚和公司的法律顾问因为工作上的事，在电话里吵了一架，心情暴躁而郁闷。看到礼物，我笑得前仰后合，怒气立刻烟消云散，心情好到了极点。

过了几天，我在微信上嘚瑟自己过生日。C又送来一支钢笔，说是给我的生日礼物，以后我出书时签名用。这一次我没有笑，心被暖得只想哭。

正好不忙，我就和他聊天，问他怎么这么可爱又有趣。他说，这遗传于自己的妈妈。妈妈没有工作，全家只有爸爸一人上班养家，日子并不富裕。可是，妈妈总能把日子过得快乐而有暖意。无论何时，回想和妈妈在一起的日子，他都是嘴角上扬的。

村上春树说，没有小确幸的人生不过是干巴巴的沙漠罢了。C的母亲一定是能够经常发现小确幸的人，才把日子过得行云流水，美好而温暖。

其实，这个世间根本没有绝对幸福的人，只有不肯快乐的心。

我的朋友圈里，有一位近五十岁的大姐。她丈夫几年前去世，女儿在外地上大学。更多的时间，她一个人生活。我一直以为她的日子是凄风苦雨，可是，和她交流过几次，发现是我想多了。

她也喜欢写东西，和我学了怎样建微信公众号平台。她写文非常勤奋，一周能更四五次，而且写得越来越好。她经常和我分享她的快乐：亲爱的，我的公众号开通原创了；亲爱的，我的一篇稿被大号转载了；亲爱的，我的粉丝过千了……

每一次，她带来的喜悦，都会让我心情大好。

昨天，看她微信签名更新为：做一个温婉的女子，并且相信海誓山盟。我微笑，姐姐一定是遇到爱情了，怪不得这些天没和我聊天。我心里默默为她欢喜。

青春年少时，我最仰望的是那些活得鲜衣怒马的人。经历了太多世事后，我才发现，最打动人的其实更是那些热爱生活，哪怕给他一片废墟，也能建成一座城池的人。

就像因“褚橙”再次走入人们视野的褚时健。七十五岁时承包了两千四百亩荒山，开辟果园。他所承包的荒山刚经历过泥石流的洗礼，一片狼藉，当地农民都不愿意开垦。困难面前，他并没有退却，在他八十岁时用努力和汗水把荒山变成了绿油油的果园。

褚时健把很多人眼中已经看到尽头的晚年，过得热气腾腾。

生活，与我们就像礼尚往来的朋友。你赠它木桃，它会报以你琼瑶。可是，你若给它愁眉，它一定会报以你苦脸。

而那些俯身可以相拥的，低头可以相吻的每一个“今天”，就是我们的生活。

莫言说：“每天早上睁开眼睛时，都要告诉自己这是特别的一天。你该尽情地跳舞，像没有人看见一样；你该尽情地爱人，像从未受过伤害一样。”

是的。带上爱情，带上鲜花，带上那些动听的歌和曼妙的曲，去度过每一天每一分每一秒吧。

就算是冷日子，也一定会变得有温度有希望；温日子呢，也一定会变得更加温暖明亮。

## 女人想有钱，就得变坏吗

几个月前，有一位叫叶子的网友加了我。

她介绍自己是一位老师，因为喜欢文字，所以想和我成为文友。

一天早晨，我看到她凌晨两点多发来的留言：

“苏心，关注你很久了，你的文字很温暖阳光，我非常喜欢。可是，我的心里一片雾霾，没有一丝光亮。

“我出身贫寒家庭，因为太喜欢读书，父母勉强供我读了个中专，家里实在撑不下去了，我就去了南方打工。

“后来，村里缺小学老师，让我去当代课老师。我回来了，我喜欢这份工作。这份工作是村长给我安排的，他看重我，是想让我给他当儿媳妇。

“为了保住这份工作，为了家人，我嫁给了没有一点儿感情的老公。

“工作了几年，我越来越不满意自己的生活。我拿着一份微薄的薪水，守着没有感情的婚姻，一件衣服要穿好几年。外面的大千世界，时时刻刻在向我招手，我不甘心就这样过一辈子。

“一次偶然的机会，我认识了一个有钱人。他对我有意，答应我，只要我言听计从，他就有办法让我离开农村。我毫不犹豫地投入了他的怀抱。

“然后，我‘如愿’进了城，每天都可以‘体面’地去上班了。

“但我内心很瞧不起这样的自己，我并不想要这样的日子。”

我生在小康之家，没有经历过什么贫困，不懂她的苦，所以，我不敢轻易发表意见，也没有资格去指点别人的生活。

但我欣赏的是另外一种蜕变。

上周我参加了一个活动，我所在的城市举办了名为“魅力女人”的大赛。这些参赛的女子，并非天生丽质、风情万种，而是活得精彩。

坐在我身边的张姐快五十岁了，脸上的皱纹也不少，笑容却端庄迷人，整个活动我都跟在她身后，吸引我的，是她身上那些动人的元素。

同频的人总是很快就能成为朋友，张姐和我讲了她的故事。

十年前，她和老公经营着一家面馆，是她父亲留下的。面馆的配方独到，口感好，生意很不错。可是，她老公和店里的服务员好上了，提出离婚。僵持了近一年，两个人都无心打理生意，面馆关门大吉。张姐看她老公是铁了心要和她离婚，就和他办了手续。

张姐说，那是她一生中最难的一段日子。两个孩子都跟了她，一个读初中，一个读小学，他们娘儿几个未来的生计该怎么办？没有哭过长夜的人不足以语人生，可张姐连哭都不能，她要尽快想一条生存的路，想想怎么活下去。

俗话说，做熟不做生。张姐决定重新开面馆。

说干就干。

张姐在一所大学旁租了一家店面，开了张。地点选得好，张姐的面馆也经营得风生水起，很快就又开了一家分店。

十年。

张姐的面馆已经开到了十几家连锁店。

如今，张姐又有了爱情，嫁给了一位中学老师，张姐说起他时，眼里满是柔情。

众生都在修行的路上。

身在红尘，我们无法做到千帆看尽，仍是少女，但要有一颗阳光向上的心，这些光芒会把心底的黑暗驱散，会让你永远活得坦坦荡荡。

女人，要记得自己是女人，要花枝招展，摇曳生香，能够让人赏心悦目。女人，要忘记自己是女人，要身有铠甲，手持盾牌，能够抵挡岁月的明刀暗箭。

女人，要有钱，不一定非要变坏，还有很多条路可以走。比如，勤劳又努力；比如，聪明善理财。

# 你若不坚强，谁来替你扛

同学的母亲重病住院。

我去探望时，老人躺在病床上看到我，坐了起来。我赶紧拉着她的手说：“阿姨，您躺着就行，别跟我客气。”

距上一次见阿姨，不过几个月的时间，她竟然被疾病折磨得面目全非。

阿姨的手，瘦得皮包骨，握在我手里软绵绵的。刚和我说了几句话，她就开始翻江倒海地呕吐，像要把五脏六腑都吐出来一样。

等阿姨吐完，我告辞出来，让她多休息。她拉着我说：“闺女，多坐会儿吧，我没事。”

我知道她是为了不让我同学担心，才装出一副无所谓的样子。

我心疼地说：“阿姨，您真坚强。”

阿姨眼圈红了：“孩子，我如果不坚强，谁能替我扛啊？我使劲扛着，多活几天，让孩子们多有几天妈。”

我匆忙走出病房，怕阿姨看到我夺眶而出的眼泪。

是呀，每个人这一生都会面对不计其数的难和坎，很多时候，除了自己坚强面对，根本无路可走。

公司附近有几个小吃摊，有一位大姐在那儿干了几年了，无论天气多差都出摊，炸一些吃食和摊煎饼卖。她的橱窗玻璃总是干干净净，买的人也比别处多。

一次，单位餐厅没饭了，我就去那位大姐的小吃摊买煎饼。

大姐利落地忙活着，一边摊煎饼，一边给别人炸东西。看她胳膊上缠着厚厚的纱布，我好奇地问：“姐，你这胳膊怎么啦？”大姐笑呵呵地说：“前几天收摊时热油不小心弄到了胳膊上，烫掉一块皮，没事，差不多已经好了。”

我说：“您真坚强。”

大姐呵呵笑：“不坚强能有什么办法呢？我男人偷偷卖了家里的房子带着‘小三’跑了，我再软弱，孩子们怎么安心读书？我必须要坚强，把这个坎扛过去。我们家申请的保障房快下来了，日子会好起来的。”

我买了煎饼往回走，想起六年前那个黑色的日子。

我正在上班，姐姐打来电话，带着哭腔说：“妈妈去医院检查，结果不太好，你早点儿回来吧。”

我是学医的，明白这个“不太好”的意思，赶紧赶往医院。

姐姐在楼道里等我，眼睛都哭肿了。她指着一间敞着门的病房说，妈妈还不知道自己的病，先别告诉她，怕她心里有压力。我从姐姐手里拿过诊断证明，看到了我最怕的诊断结果：癌。

我瘫坐在楼道里的椅子上，脑子里一片空白。

哭了半晌，我洗了把脸，装作什么事都没有进了病房。妈妈看我提前下班很高兴，问这问那。我每天瞎忙，妈妈见我一面都难。

我怕被妈妈看出我强装的笑颜，借口买东西离开了。

晚上我接女儿回到家，老公出差，只有我们娘儿俩。我号啕大哭，心中的恐惧到了极点。我拿出一个本子，不停地写：老天，我该怎么办？我的天要塌了，我该怎么办？

一直写到筋疲力尽，我才躺到床上。

脑袋疼得要炸开一般，我浑身发抖，抱着女儿。女儿仰着小脸问：“妈妈，你怎么啦？浑身冰凉冰凉的。”

我又哭：“妈妈要没有妈妈了，我该怎么办哪？”

女儿不知所措地偎在我怀里：“妈妈，还有我呢。”

我不再说话，紧紧抱着女儿，巨大的恐惧把我淹没，我一直抖，一直抖，一直抖。

看着窗外的一片漆黑，我多希望这是一场噩梦，梦醒了，一切如初。可惜不是，什么都是真实的。

天快亮的时候，仿佛有一个声音在对我说：苏心，你妈妈还在医院里，你必须坚强地去面对，那是你逃避不了的现实。

我逐渐冷静下来，头也慢慢不疼了，竟然睡着了。

接下来的一段日子，我不再手足无措，我陪妈妈治病，寻找所有星星点点的希望，勇敢地面对一切，哪怕生离死别。我知道，无论这一程还有多久，我都不能崩溃。

是的，如果可以哭，谁愿意忍着不出声？如果有一个肩膀可以替你扛，谁愿意独自抵挡命运的刁难？

可在这个红尘世间，谁不是在泅渡？除了坚强，我们找不到可以退的路。

同学的母亲，已经出院回家，医生说老太太用自己的坚强闯过了一关，捡回了一命。

那位卖小吃的大姐，女儿考上了大学，全家已经搬到新楼里，大姐脸上每天都带着浅浅的笑，说日子更有奔头了。

而我，经历了人生的生离死别，脆弱的玻璃心不再轻易破碎，情绪也不再轻易崩溃，那些苦难，让我向内生长了力量。

生活总是这样，有时候你以为自己撑不下去了，却发现已经独自走了很长很长一段路。你觉得自己没有一点力气了，却依然咬牙负重前行，走到了花开的地方。

你若不坚强，没有人会替你扛，也没有人推着你往前走。

而你吃过的那些苦，受过的伤，流过的泪，忍过的痛，终究会变成命运的馈赠，让你的人生变得更加丰盈辽阔。

# 你是吉人，自有天相

今年夏天，我和G总去青岛开会。

经过一个收费站时，前面的车很多，我们的车子缓慢地行驶。正是接近中午的时间，我坐在副驾驶的座位上昏昏欲睡。

车外有人敲窗，司机小王按下车窗问："干吗呀？"

那是一位六七十岁的老伯，肩上背着一个袋子，手里举着两小袋枣问："师傅，买枣吗？可甜了。"

小王不耐烦地说："不买，你们这枣都是焐熟的，根本不甜！"小王边说边升起车窗。

车外那位老伯还在猫着腰说着什么，一脸恳切的神情。

坐在后边的G总按下车窗，问："怎么卖呀？"

老伯赶紧回答："十块钱三袋。"

G总递过去十块钱，老伯兴高采烈地拿出三袋枣递进车里。

我们继续赶路。

小王埋怨："G总您不知道，现在还不是枣成熟的季节，看着红，其实都是他们焐的，一点儿也不甜，我上过当。"

G总笑呵呵地说："嗯嗯，没事，吃不吃无所谓，他那么大年纪了，在大太阳下低声下气做个小买卖不容易，咱们就当做件好事吧，十块钱也买不了什么。"

小王不再说话。

我对G总的敬意又增加了一分。

我见过G总在工作中杀伐决断的一面，也见过他慈悲柔软的一面。

年过半百的G总一生走南闯北，遇过很多人、很多事，在泥泞里挣扎过，在好运中欢笑过，阅历深厚，他怎会不知道那枣不甜，只是愿意给予那份善意罢了。

G总的老友，曾经给我讲过他的一件事。

十多年前，G总出差，在路上遭遇了车祸，车都被撞得报废了，人却毫发无损。

我不知道这算不算奇迹，如果算，我宁可相信《道德经》里那句话：天道无亲，常与善人。

我认识很多成功人士，他们几乎都有一个共同的特点——善良。

一次，我去朋友M的公司玩，恰巧他不在，我就在他的办公室等。他的秘书给我倒了一杯茶，和我聊起天来。

我问他在这儿干了几年了，他说有六七年了，是大学毕业后第一份工作，也应该是最后一份。

看我一脸疑惑，他解释道："我们老板人特别好，我愿意跟着他干一辈子。"

秘书说，M每年都默默资助几个贫困的大学生，从不张扬。他帮助过很多有困难的人，里面也有他的员工。但他做过的好事，自己都绝口不提，很少有人知道。

秘书一脸景仰：“我们是食品类公司，竞争很激烈，很多同行都越干越小，我们的产值利润却每年都递增，公司一直稳稳当当地壮大。”

萧伯纳说过：善良与品德兼备，犹如宝石之于金属，两者互为衬托，益增光彩。

我的朋友M人好心善，他的员工愿意跟着这样的老板用心干，自然能生产出好的产品，销售也会好。这是个良性循环，其实很正常。

当然，做好事不一定非要花费金钱和时间，有时，一个善意的微笑，也会换来意外的惊喜。

我刚上班那年，单位招来一个烧锅炉的临时工，二十七八岁吧，因为听力有问题，托了人情才找了这份三班倒的工作。他在人事科办过手续后，我带他去岗位上班。

平时，我们在工作上并没有交集，偶尔遇到，我会主动对他点头微笑，他也会腼腆地冲我笑。

有一次我主动和他打招呼，被我们一个科室的同事看到，她觉得奇怪，说：“你怎么还和他打招呼呀？”我明白她的意思，和一个锅炉工大可不必如此客气，应该把这份热情留给“有用”的人。

而我，至今也没学会那份世故。

一个周末，我和同学骑单车去城外玩。车胎竟然被什么东西扎破了，我们只好推着单车步行，心情坏到了极点。

那位烧锅炉的同事，家住在城郊，那天他上中班，正好路过这里，碰上了我们。他跳下车，手脚麻利地从包里拿出工具，帮我补起轮胎。我问他怎么还随身带着这些工具。他说这条路上经常有乱七八糟的东西会扎轮胎，他就准备了这个。

他低头给我补着轮胎，脸上的汗水一滴滴淌下来，那一刻，他在我眼里的形象就是一个大英雄。

我暗暗为自己的那个微笑庆幸，如果我每次见了他都不理，他或许看到我也会假装看不到吧？

古语说，吉人自有天相。

所谓吉人，就是善良的人；所谓天，就是你的环境和你身边的人；所谓相，就是相助和护佑。

想要有好运，只要心存善念，做一个好人就够了。

赠人玫瑰之手，经久犹有余香。心向善，是一场互动。你是善人，最终受益的都是自己。那是你修来的福气，也是世界给予你的奖励。

你是吉人，自有天相。

# 我才不理你呢

有人给我写信："苏心姐，我身边有那种爱人身攻击的人，又不可避免得打交道，真的很讨厌。

"我平时工作比较轻松，空余时间就看看书写写东西什么的，我的一位同事经常挖苦我：大家没事都聊天，就你在那儿又学习又写作的，你是想升官哪，还是想发财呀？我有时看书，看到好多文章，会忘情地读出来，她就说我真做作。

"我很生气，却不愿和她撕破脸，可心里真的很憋屈，我该怎么办哪？"

我给她回复：把她当作空气就行。

对这种人，我很少愤懑，更多的是同情。因为他身无长物，无法在某些方面找到优越感，只能用这种方式来遮挡内心的荒凉。

很多年前，我还是公司的普通职员，和很多同事在一个大厅里办公。工作量并不是十分饱和，空闲时，大家就喜欢聚在一起闲聊。

我很少参与进去，闲暇时总是自己在电脑上写东西。那还是纸媒大行其道的时候，我经常给一些报纸刊物投稿。

开始，有几份报纸用了我的稿，我还比较淡定。

当第一次被杂志用稿的时候，五千多字的一篇文，得了一千八百多元稿费，我兴奋极了，去买回十多本那期的杂志送给同事，分享自己满心的喜悦。

大厅里年龄最大的那个女同事不高兴了，阴阳怪气地说：“哎哟喂，你这么厉害，在我们这种公司上班真是太屈才了，你应该去央企，或者五百强啊！”说完，还赠我一个白眼。

我愣了一下，马上反思，自己应该学会锦衣夜行才对。从此之后，哪怕我发表再多的作品，在同事面前都不再提起。

我在那个大厅待了三年，这样的话听过无数遍，但我从来没搭过一次腔。不是我修养有多么好，而是我有自己的目标，没时间也不屑和这种人纠缠。再说，和她撕一把又能怎样？既掉价又不好看，不如多看几页书。

后来，我做到公司高层，有了自己独立的办公室，再也听不到那些乌七八糟的声音了。

那之后，在路上再遇上那个女人，她都笑开了花似的和我打招呼，我也报以微笑。她的笑里，有巴结，有不甘。我的笑里，有快意，有从容。

是的，当你不够强大的时候，你无法选择环境，也不得不虚与委蛇，但你可以通过提升自己，来争取换一个好环境。

前段时间，我和文友莹莹聊天，她在外企里一个不太紧要的部门上班，干着一份很轻松的工作。别人都很羡慕她，活得轻松又自在，薪水也不低。同部门的小伙伴也陶醉于这种日子，每天都玩得很high。

莹莹说，自己是巨蟹座，天生没有安全感，总是闲得提心吊胆。

为了抵挡这种恐惧，她开始继续学英语。但她身边也有人讥讽她：大家都享受生活，就你把自己整得像只羊群里的骆驼一样。

莹莹找我诉说过被冷嘲热讽的烦恼，我告诉她，保持沉默，抬头看天，低头努力。

两年时间，她的口译和笔译能力都变得令人刮目相看。

上个月，莹莹所在的公司因为效益不好，降薪裁员，她们那个部门被整体端掉。所有人都回家待岗，只有她，因为英语出色，被调到了国际贸易部，还加了薪。

是的，这个世界，谁都难免会被莫名其妙地攻击，你或许错愕，但不要生气，更不必拉低自己的段位和他们纠缠。把那些恶意挡在心门之外，努力做好自己的事就够了。

因为，这个世界并不掌握在那些嘲笑者手中，而恰恰掌握在经得住嘲笑又不断往前走的人手中。

朋友M和我说过一个故事，他坐出租车时，广播里正报道当地一位优秀企业家的事迹，司机哈哈大笑："他成企业家了？哼，当初和我一样，就是个开出租车的！"

朋友说，这种平日里说话尖酸刻薄的人，大多是因为日子过得不怎么样，穷和弱才容易敏感，生怕自己被忽视、被轻视。幸福的人都有一颗温暖的心，根本不会像个刺猬一样，见谁都不顺眼。遇到这种人，大可不必计较，不理为上。

《古尊宿语录》中，有两位高僧的一段问答：

寒山问："世间有人谤我、欺我、辱我、笑我、轻我、贱我、恶我、骗我，该如何处之乎？"

拾得答："只需忍他、让他、由他、避他、耐他、敬他、不要理他，再待几年，你且看他。"

其实，每个人无不困在自己的红尘之中，都在各自的路上独自修行。

当你在人世晴雨中走出一路葱绿时，你就会发现，曾经让你生气的那些人和事，早已人面不知何处去，而你，依旧桃花满园笑春风。

# 改天是哪天

追电视剧《好先生》，看到孙红雷扮演的陆远和剧中的女主说："改天请你吃饭啊……"

其实，陆远并无心请她吃饭，不过是随口应付一下，女主走了几步，却转过身来问："陆远，改天是哪天哪？"陆远愣了一下。

我也一时愣怔。

是呀，改天是哪天？

经常，我们会这样说：改天一起坐坐呀，改天请你吃大餐哪。而大多时候，这样的承诺根本就是一张空头支票，从未兑现。

那天，我在一个大型超市里面买东西。一抬头，看到一位高中的同学在低头挑选商品，我惊喜地喊她的名字，她也惊喜地回应着我。她赶紧招呼身边一个六七岁的小女孩喊我阿姨，是那种见了面就想把家人介绍给我的亲密，而不是泛泛地打一个招呼就过去那种。我俩站在货架间热烈地聊天，感慨时光匆匆，一别经年。

晚上，在我们的同学群里，她说，今天看到苏心了，好激动啊，那么长时间没见，她一点儿没变，不，是越来越漂亮了。

看着她说话，我拿着手机傻笑，笑着笑着，我的眼里有了泪。

我和她，曾经是同吃同睡的姐妹，上高中时的一个暑假，我还去外地的她家玩过两天。那时，我们约定，要做一生一世的姐妹。怎知，如今的我们生活在一座城市，竟然感慨彼此的容颜，而她的女儿，长到这么大，我才第一次见。

偶尔，我俩在微信上也约过，改天咱们一起去吃海鲜哈，改天一起去逛商场哈，改天一起去喝咖啡哈。可是，这样的话说了无数次，却一次也没实现。

是呀，改天是哪天？

朋友M，一直约我去喝茶，我说过无数次改天一定去，却总是今天忙明天忙，一次也没去成。有时我们在微信上聊天，他会戏谑地说，我的茶壶都煮烂了，也不见你的人影。我不好意思地说抱歉。

几天前，我心血来潮，想去M那里喝茶，电话打通，传来他哽咽的声音："我哥哥昨晚去世了，我每天忙生意，他给我打过几次电话，说想让我回家和他说说话，我总说改天，改天，可是，今生今世再也没有那一天了！"

我一下子惊住，朋友的哥哥，不过四十出头，正当盛年，心脏病突发去世。此生，他带着遗憾走远，留给他弟弟的，是一生的痛与悔。哪怕寻遍万水千山，哪怕遇人千千万万，也找不到那样一个哥哥能与他促膝长谈了。

听着电话那端M伤感的声音，我不知该说些什么。那种失去亲人的肝肠寸断，我懂得。这种事，无法轻描淡写相劝，我只重复说一句：节哀，保重。

《世说新语》载："嵇中散临刑东市，神气不变，索琴弹之，奏《广陵散》。曲终，曰：'袁孝尼尝请学此散，吾靳固不与。《广陵散》于今绝矣！’”

意思就是，中散大夫嵇康在东市将要被处死，他神色不变，索讨古琴来弹奏，弹奏的是一曲《广陵散》。弹奏完毕，嵇康说：“袁孝尼曾经请求学习这首曲子，我不肯传授给他，一直说改天。从此以后，《广陵散》就成了绝响啊！”

嵇康说的“改天”是应付袁孝尼，虽有推托的意思，却也不无遗憾。而我说的“改天”，大多是真诚却未曾付诸的行动。

我们总是在忙，每天忙着上班，永远有见不完的客户、一辈子也写不完的文案。真的是，连见一个老友的时间都没有了吗？

你说不能不忙啊，要买房买车，上有老下有小，要养家糊口，要吃饭穿衣。可是，等有了房有了车呢，有了存款有了公司呢？你不还是忙吗？不还是没有时间去见曾经答应改天相见的人吗？

科技发达，我们连逛商场都不愿再花时间，更喜欢足不出户在网上下单。和朋友在朋友圈点赞，在微博上互相@，但要凑在一起，实在太难。

改天请你吃饭，改天咱们好好聚聚，改天一起逛街。

可是，改天究竟是哪天？

你想看朝阳，就明天早起；你想看夕阳，就等待傍晚的日落；你想见我，就今天和我约吧，别再说什么“改天”。

不要等一个人等得流年三四轮，趁岁月静好，趁此身未老，趁容颜尚俏。

若晴天和日，就静看蓝天白云。若雨落敲窗，就一起听风畅饮。

若你未婚我未嫁，就让我们谈一场天荒地老的恋爱吧。

# Hi，新年，我来了！

## （1）

昨天傍晚，有人在朋友圈发了一张夕阳的图片，上面写着：唉，又一天。

言语间，仿佛充满了无力感。我在下面留言问：怎么啦？

他回复：感觉一天什么都没做，就过去了。

其实，发出这种感慨的人很多。

我老公有一个远房表哥，也是我小时候的邻居。

他每年春节都来看我婆婆，每次来了都会叹息：“唉，又一年。”

第一次听到这样的叹息时，我问他什么意思。他说自己曾经是个文青，梦想就是业余出几本书，可工作后，每天下班就往沙发上靠，什么都懒得做了。

一年又一年，年年是白板。

老公的这位表哥，曾是我少年时的榜样。

我记得母亲不止一次和邻居议论起他，都是满脸羡慕。那老谁家的小谁，考上了大学，真了不起，以后前途无量。当然，“前途无量”这个词是我总结的，一群家庭妇女说的话太散，大意就是这几个字。

我们两家住得虽然相隔不远，但不是同龄人，他对我没有多少印象，倒是我很清晰地记得他。

小时候的夏天，我们全家经常在有过堂风的大门过道里吃饭。他有几次从我家门口路过，父亲总是望着他的背影对我说：“你要好好学习，以后像他一样有出息。”

一别经年。

我结婚时他竟然参加了，才知道他和我婆家是亲戚。

他虽然有些发福，但眉眼依旧，我一眼认出。

他说自己大学毕业后分配到一个事业单位上班。从事一份轻松的工作，拿着撑不着饿不死的工资，下班打打麻将，看看电视，也想做点儿自己喜欢的事，可总没有付诸行动。日子就这么重复着，这些年，仿佛就过了一天。

想不到，我和他会以这样的方式重逢，我对他的崇拜像个扎破了的气球，噗一下瘪了。

而这些年，我一遍遍听他说那句“唉，又一年，再想干点儿啥都晚了”，我对他早就从崇拜变成了失望。

今年，他搬了家，住在我家对面的一个小区。

我离单位近，有时候步行上下班，很多次在路上遇到他，骑着电动自行车，穿梭在滚滚车流中。他的皱纹，他的花白头发，他木然的表情，告诉我，他的日子应该是一潭死水，毫无生气。

通过他的模样，我能看出他这些年一直处在刚毕业时的起跑线上，从未移动。一个偶像，竟然一生庸庸碌碌，浑浑噩噩，懒惰不前，这是令我最泄气的地方。

我希望见到的是一个哪怕曾经目不识丁，但通过努力已有丰盈人生的榜样。

## （2）

记得几年前，总经理带我们去一家供应商那里考察，据说是国内有名的民营企业。

接待我们的是几位副总，总经理去欧洲调研市场了。

两千多亩地的厂区，走了半天也没转完。餐厅、宿舍、产线，每到一处，我心里都会涌起一个大写的赞。到处都井井有条，看得出管理非常精细化。

中午吃饭时，我们聊起这家企业。

简直太让我震惊了，这家企业的老总那年已经六十二岁，他在五十二岁的时候，从一名兽医改行，如今把公司做得这么大。

那家企业的宣传栏里写着一句话，我一直深深记得：如果你想飞，今天就是起点。

那时的我，正在给一些报刊投稿，焚膏继晷，按编辑的要求修改了一遍又一遍，依然经常被退稿。我心里打过无数次退堂鼓：算了吧，又不是没有工作，都“30+”的年龄了，干吗非要跟自己死磕？

而那一次考察，恐怕收获最大的人应该是我——从此我不再纠结，哪怕退稿再多，也坚持写下去。

## （3）

其实，这个世间，有多少人每天都想着改变，晚上睡到床上的时候，雄心万丈，醒来又是重复的一天。

曾经在微博上看过一段话：别抱怨，别自怜。所有的现状都是你自己选择的，抱怨能说明什么呢？除了你什么都想要的贪，还有你不想努力的懒。

是呀，一年又一年，时光悄然流逝，你增长的却只有年龄。对命运不甘，却又不肯用行动去改变，只好一年年长叹。

唉，又一天，又一年，一辈子完了。

亲爱的，一天很短，短得来不及拥抱清晨，就已手握黄昏。一年很短，短得来不及细细品味，就已冬日素裹。一生很短，短得来不及享用美好年华，就已经身处迟暮。我们总是经过得太快，而领悟得太晚。

而“年”，只是时间的节点，并非人生的节点。

永远不要放弃你真正想要的东西，等待虽难，但后悔更甚。

不要无数次垂头丧气地叹息：“唉，又一年。”而应在实现梦想的路上，自信从容地大声说：“Hi，新年，我来了！”

第三章

# 蹚过一条汗水的河

在坚硬的世界里
修得一颗温柔心

## 如果有天使，就是你低头读书的模样

一本书就是一个世界。在阅读时，每个人都能轻而易举地接纳多重世界。书本让我们看到了生活的纷繁芜杂，层层堆积。书本并非逃避，它们本身就是一个出口。

——珍妮特·温特森

想想我也是很幸运的，从识字那天起，身边随处都是书的海洋。

我七岁那年随父亲工作调动回到老家，彼时，有一个举村而为的手工副业——制造鞭炮。

制造鞭炮，最重要的原材料便是旧书旧报。虽然我家不干这副业，但随便走入一户邻居家，存一屋子旧书是再寻常不过的事，那是我和小伙伴最快乐的地方。

经常一听说谁家刚买来旧书，就赶紧趁着还没被刀具切成纸条之前，跑去翻找自己喜欢的书。

那些旧书大多是从废品站称重买来的，都脏脏的。每次翻完一个书堆，我几乎都和从土里扒出来的差不多。大人偶尔也会帮着翻，因为一本新书付的钱够买几本旧书。

那时我年龄尚小，最喜欢看小人书。就是从这些旧书堆里，我找到过几本《红楼梦》的小人书。有《鸳鸯拒婚》《黛玉葬花》《宝钗出嫁》《湘云醉酒》，断断续续看了几个故事，很是着迷。

恰好父亲给我买回一套《红楼梦》，就着这些图文并茂的小人书，我没感觉一丝枯燥地看完了人生中的第一套名著。虽是囫囵吞枣，我却非常喜欢那些故事，上初中时已能背下里面的好多诗词。或许，我就是从那时爱上文字的吧？

我的小脑子里，一直刻着宝玉、黛玉、宝钗、凤姐的模样，当电视剧《红楼梦》播出时，我总要翻开记忆对照一番。读初中二年级时，一次我和语文老师谈起《红楼梦》，对于大观园中那些人物的故事，我如数家珍，着实让老师吃惊不小。

还记得有位爱看书的大哥哥，当时不过十六七岁，也经常活跃在我们的“淘宝”队伍中。后来，他考上大学，毕业后留到了大城市成家立业，听说混得很不错。

我老家颇有几位这样的人物，上大学出去的、当兵出去的，都是我曾经的“淘友”。

读书可以改变命运，虽是我长大后才懂得的道理，但在我很小的时候，身边就有很多人在践行。

我的舅舅也是位爱书人，“老三届”的毕业生，因无缘参加高考留在了农村务农。我小时候住在姥姥家，经常去舅舅那里看书。

听母亲说当年选村长时，舅舅就因为肚里的墨水而全票通过。他当了二三十年的村长，六十岁的时候按国家政策享受了退休待遇。说起来，舅舅也算是因读书而改变命运吧？要知道，在农村有一份退休金是何等令人艳羡的事。

至于我，一直保持着爱读书的习惯，只要几天不看书，就会生出一种荒芜的恐慌感。我有一颗玻璃心，动不动就崩溃，常常陷入莫名的绝望。还好，只要读上几页书，这病就分分钟被医好，我便能从脆弱的情绪中走出来。

还有我的急脾气，早已被文字消弭。无论在多么喧嚣的地方，我都能屏蔽身边的声音，静静地看书或者写字，仿佛世界只有我自己。就连从小嫌我闹腾的弟弟，都说我现在沉静得像个大家闺秀。

俞敏洪老师说过，读书能给你带来三样东西：情怀、胸怀和气质。

是的，你的气质里，一定藏着你读过的书。岁月会把你的容颜变老，但气质会让你越来越动人。

如果，我还时有悲观，就是举目四望时，处处尽是“低头族”，一遍一遍地刷着手机屏幕。

当看到有人捧书阅读的时候，我一定会向他行一个长长的注目礼：因为，他低头读书的样子，在我眼里就是天使的模样。

# 孩子，听说你想坐在路边鼓掌

女儿这几天和我进入冷战状态，当然是因为她期末考试中等靠上的成绩，离我的要求差了十万八千里。可女儿不这么认为，她说，不可能人人都是尖子生吧，我已经算不错了。

我把她的这种态度归罪于我老公的口头禅：不要勉强孩子。因为这个，我和他们爷儿俩起过N次争执。

记得我上学时，每次考试都如临大敌，紧张到失眠。因为一旦考砸，就要面对父母的横眉立目。我父亲是军人出身，对孩子一向高标准、严要求，无论我考多么好的成绩都没夸过我，不说话就是最大的夸奖了。

我一直怀疑心底那些深深的自卑，和我童年没得到过夸奖有关，以至于现在如果有人夸我，我表现出来的从来不是喜悦，而是惶恐。

为了锻炼女儿的文笔，我让她在这个暑假每天都要读名家的文章，每天写一篇东西。

上周日，女儿在卧室看书，我在客厅看电视。她兴冲冲拿着一本打开的书跑来给我看，是台湾作家刘继荣的文章——《坐在路边鼓掌的人》，有两段已经用笔画了黑线：

正在织围巾的女儿，歪着头想了想，认真地告诉我说，老师曾讲过一句格言：当英雄路过的时候，总要有人坐在路边鼓掌。她轻轻地说："妈妈，我不想成为英雄，我想成为坐在路边鼓掌的人。"

长大成人后，她一定会成为贤淑的妻子、温柔的母亲，甚至热心的同事、和善的邻居。在那些漫长的岁月里，她都能安然地过着自己想要的生活。作为父母，还想为孩子祈求怎样更好的未来呢？

看完，我哈哈大笑，把女儿笑得直发毛。她想借用名家的文字说出她的心声，达到改变我人生观的目的，这把戏幼稚了点儿哟。

是的，当英雄路过的时候，总要有人坐在路边鼓掌。可是，孩子，你真的确定要一直给别人鼓掌，而自己不需要掌声吗？

我初中时的一个女同学叫玲子，脾气特别好，无论什么事都说：差不多就行了。

有一次期末考试，期中考试第一名的那位同学考了第五名，一时接受不了，在自习课上哭起来。玲子过去劝："差不多就行了，我考了倒数第五名都没哭，你这成绩应该高兴啊。"

果然，那位同学得到安慰，破涕为笑。

玲子是热心肠，同学经常找她帮忙。玲子，帮我买支圆珠笔吧，我还有一道题没做完。玲子，帮我买个煎饼吧，我中午不回家吃了。玲子，帮我……

玲子每次都是好脾气地答应，连老师都夸她："玲子小小年纪就这么温良恭俭让，以后谁娶她当媳妇谁幸福。"

中考过后，玲子没考上高中，辍学了。

一别经年。

去年我回老家，去镇子路口的一家超市买东西。老板娘是位胖胖的中年妇女，在低头算账。

我一边挑东西，一边询问价格，在我和老板娘目光对视的刹那，她满脸惊喜："苏心，真的是你吗？这么多年没见到你，好想你呀！"

我一时愣怔。看我一脸疑问，她急急地说："我是玲子呀，上学时在你后面坐来着。"

我终于认出了她。我们俩说起曾经的那些同学，谁谁当医生了，谁谁当大学老师了，谁谁留在部队提拔成校官了……

说到玲子自己时，她的情绪很黯然：真后悔上学时不像你们那样严格要求自己，一辈子就守着这个小店。现在大家都往城里奔，我也想去城里买房子，可哪有那么多钱哪！两个双胞胎儿子今年中考，学习成绩也不好，但无论想什么办法都要让他们考大学，哪怕是个专科也行，一定要出去见见世面。

告别时，玲子伤感地说："其实当初我暗恋咱们班长，但人家上了那么好的大学，我连开口的勇气都没有……"

和玲子分开后，我一路心情沉重。

原以为那么淡然的她会生活得很快乐，可是，她一脸的"我急"，让我看到了她太多的焦虑。

那一刻，我推翻了当初老师的话：她那不是温良恭俭让，而是对自己的不负责。

她曾经偷过的懒、马虎过的学业、得过且过的处世态度，都化成困难加倍还给了她。最初不肯用力攀爬人生的高峰，最终只好在谷底兴叹。

我不禁想起那块石头的故事。

同一块石头，一半做成了佛，一半做成了台阶。

台阶不服气地问佛：“我们本是一样的来处，凭什么人们踩着我去朝拜你？”

佛说：“因为你只挨了一刀，我却经历了千锤万凿。”

时光隆隆向前。当初一同出发的人，有的一马当先走在了最前面，有的走在了大多数人的中间，也有人留在原地不前。

那个为大家鼓掌的玲子，早就和同学走散了。

孩子，当你在学习时光专注地努力过，心无旁骛、宠辱皆忘地勤奋过，为一个目标竭尽全力过，你会发现，你不仅可以为别人鼓掌，也可以获得很多掌声。

那些鼓励，像阵阵甘霖，会让你的心田开满鲜花。那些掌声，可以给你信心和勇气，带你越过人生的一座又一座高峰。

孩子，让你站上高峰，不是为了让更多的人看到你，而是为了让你看到更美的风景。

# 孩子，我宁愿欠你一个快乐的少年，也不愿看到你卑微的成年

女儿上的是重点中学，开学比普通中学早几天。

晚上，女儿偎在我身边，一副不情愿的样子说：“妈，明天我就要滚回学校了。”

我扭头看着她：“你还不该滚回学校吗？都玩了快五十天了，再玩下去你就傻了。”

女儿噘着嘴不高兴：“我还想去看大海呢，你们也没人陪我去，又得明年了。”

老公正好听到，承诺说：“下周日，爸爸开车带你去，反正又不远，当天就能回来，不耽误学习。孩子嘛，快乐最重要。”

我呵呵了两声：“你就会做老好人，好像女儿不是我亲生的，我比你更希望她快乐。”

可是，她现在快乐了，将来呢？

记得今年春节刚过的时候，我正在上班，一个小伙子敲门进来，还有一位五六十岁的阿姨。

小伙子怯怯地问：听说咱们公司招一线工人，请问有什么条件吗？

负责招聘的同事把招聘简章给他看："一线工人中技以上学历，有从业资格证书。"

小伙子在包里翻了半天，只找出一个技工学校的毕业证，没有从业资格证。同事告诉他，这不符合条件，等招学徒时可以再来。

小伙子气馁地看着那位阿姨："妈，人家说不行。"

那位阿姨堆起满脸笑，和我同事解释："他就是技校毕业的，只是毕业后没有干过技工，也就没拿证。闺女，你看能不能让他算学徒？"

同事回头看我，用眼神请示可否。我说："下个月应该就招学徒了，您记一下我们办公室的电话，随时打电话来问问，等我们招学徒工再来，好吧？"

小伙子一脸不情愿的表情，问他母亲："妈，怎么办？"

那位阿姨拉着他，说出去一下。

过了一会儿，我的手机响，是我同学燕子打来的电话。

她问我刚才是不是去了一对母子。我说是。

她唉了一声和我唠叨："那是我姨和我表弟，家里就这一个男孩，宝贝得不得了。上学不好好上，也舍不得管，说孩子开心最重要。表弟好容易上了一个技校，毕业后去一个工厂实习，不到一个礼拜就回来了，说太累。我姨就惯着他，让他在家里啃老。这不到了该找对象的年龄了，一有人介绍对象人家就问，是干什么工作的。我姨才明白，这么大了，该找份工作了，不然就打光棍了。你看看能不能给照顾一下，让他在你们那儿当个学徒工就行。"

我叹了一口气。

这位想让孩子快乐的母亲，一心由着孩子不努力、不上进，以为这是为他好，能够让他快乐。他少年时快乐了，可是，成年后呢？

他没有高学历，没有一门手艺，怎么安身立命？靠什么获得尊严？一个连自己都养活不了的男人，又怎么能快乐？

我认识一位高中的语文老师，得了重病，在北京治疗。还好，大儿子上完大学后在北京立足，能够为父亲提供吃住的地方，还能带他去比较好的医院治病，病情得到了不错的控制。

这位老师想到身边一些人得了他这样的病，只能在小地方的医院治疗，然后听天由命，不由得感慨道：当我们很多人在埋怨高考、张口闭口素质教育的时候，我们是否意识到，如果你不是在一线大城市，你说的素质教育，充其量只能为下一代的成长注射一针麻醉剂。很多资源都是有限的，如果你没有能力去争夺，一旦遇到危机，就只能在困难面前束手就擒。

是的，我很赞同他的观点，尽管也许会被认为失之偏颇。

我是母亲，比任何人都希望自己的孩子快乐。但这快乐，绝不是在该学习的年龄去放纵，在该努力的时候只图轻松。

孩子，你不是含着金汤匙来到人间。出生在我们这样的普通人家，我唯一能为你做的，就是给你创造好一点儿的学习机会，让你有台阶去登上更高的山峰。那时，你看在眼里的风景才会动人。

如果你一直匍匐在命运的脚下，为生计发愁，那么，再美的景色在你眼里也是愁苦。此时我对你有多心软，将来生活对你就会有多无情。

我宁可欠你一个快乐的少年，也不愿看到你低声下气的成年。

如果你想在以后的人生舞台上长袖善舞，你就要多熬一些夜、多吃一些苦、多读一些书。真正快乐的人生，是要蹚过一条汗水的河才能抵达。

只有在春天的时候去躬身播种，最终你才能收获一园秋色。

# 管孩子要趁早

上个月，我卖了一套老房子，几年不住了，一直租着，正好缺一笔钱用，就想着把这套房子变现。

买主是一对在城里做生意的中年夫妇。他们的大儿子十七岁，小儿子十六岁，眼看楼价一路飙升，赶紧买下给儿子留着结婚用。

办手续那天，要夫妻双方都在场签字才行，我们四个人一同到了房管局。

有一个环节不需要我和那位大姐办理，我俩就坐在楼道里的椅子上聊天。她很爱说，一直问我工作、收入、孩子什么的，然后又主动和我说起她家的情况。

前些年，这位大姐和老公一起在城里做生意，两个孩子就在老家跟着爷爷奶奶。后来，孩子大了，学会了打游戏，整晚整晚不回家，两位老人管不了，没办法，就让儿子自己管。

这位大姐雇了人给老公帮忙，自己回家照顾孩子。可是，两个孩子就像不是她生的一样，除了和她要钱，平时很少理她。老师经常给她打电话，说她儿子逃学，她就去游戏厅找，一找一个准。

去年，她大儿子初中毕业了，成绩很差，也不想上个技校什么的，就在家晃荡了一年。今年二儿子也读完初中了，照样什么高中都没考上。两口子合计着让他们去学个手艺，要不以后怎么养家糊口？

可是，这两个孩子实在没法沟通，一和父母说话就吵。

大姐叹了一口气说，都赖我，从小把他们扔给爷爷奶奶，只要渴不着饿不着就行，由着他们长，一点儿规矩都没有，这么大再管就晚了。

我无言以对。

张爱玲说，出名要趁早。其实，我觉得出名这事早了弊大于利，年纪轻轻，有了盛名，难免轻狂跌跟头。

可管孩子这事，还是越早越好。

几天前，公众号后台有一位当老师的妈妈和我诉说：她的女儿读初中，非常爱美，对打扮特上心，一提学习就满脸不耐烦。

有一次，母女俩因为学习成绩吵了起来，她竟然离家出走，后来发动了所有的亲戚朋友才找回来，吓得她再也不敢管了，怕逼急了出事。

我问，孩子从小没和你在一起生活吗？

她回复：在一起，就是自己工作忙，下了班还要办辅导班，小时候没怎么管她，大了就成这样了，青春期的孩子，唉！

之前，对“青春期”这个词我也是这么理解，叛逆，不听话，爱和父母唱反调。

可是，我女儿和她女儿差不多大，在她身上，这些特征几乎不具备。

女儿上幼儿园之前，每天早晨我妈妈来照顾她，等我下了班，妈妈再回家。

那会儿，每次我出门时，女儿看见了都会哭闹。有几个晚上，我和她谈心："宝宝，下次妈妈再上班，你不要哭了，妈妈去给你挣钱买芭比娃娃，你在家乖乖的，妈妈才能安心上班哦。"她似懂非懂地点头。

一天早上，女儿在卧室，我骗她说："宝宝，妈妈去客厅看看谁来了。"

我拿着包在客厅换鞋，准备偷偷出门。女儿从卧室跑出来，扬着小手和我说："妈妈再见，早点回来。"

我又惊又喜，她竟然懂得我的心。那时，她刚刚一岁半。

十多年了，我和女儿从来没有像别的妈妈说的那样，孩子越大越不懂事，也不和妈妈亲了。她每天早晨上学时，我们都要拥抱一下，然后看着彼此的眼睛恋恋不舍地说再见。

女儿上小学，我重走了一遍小学路，把她所有的课本都学习一遍。初中了，我又开始重走初中路，背那些早已忘记的数学公式和定理。做这些，是为了她学习有了偏颇时，好及时给她纠正。

她偶尔也厌倦学习，也有烦恼，也有情绪波动，但从来没有过叛逆，只要我一个拥抱，她就会收起所有的坏脾气。我们娘儿俩的心很近，近到从她在我身体里诞育那一刻到现在，就一直贴在一起。

其实，所谓的叛逆，是孩子成长时父母的缺席，爱的缺席，耐心的缺席，纠正的缺席，慈和严不正确的打开方式。

别说把他丢给老人带，就算跟着父母，你却天天下了班忙着挣外快，忙着打麻将，当发现你们之间出现问题时，再想管都难，一言不合就"青春期"。

不要说，谁家的孩子也没人管就怎么怎么优秀，那种孩子毕竟太少，几个当父母的能有幸遇到？

大多孩子不是天才，不是学霸，不是别人家的孩子，很难从小就做到自律。如果，你缺席了他的成长，他就会放纵自己，去迷恋游戏，去热衷打扮，去好奇各种新鲜事物，唯独对学习这件事没有兴趣。

从善如登，从恶如崩。而学坏，是最容易的事。

一位教育专家说过：父母在该教育和照顾孩子的时候，千万不要借口工作忙，而忽略对孩子的管理。在年老的时候，一切荣誉和金钱都是过眼云烟，而一个不成器的孩子，足以让你晚景惨淡。

所以，管孩子要趁早。

这句话，我愿与所有的父母，共勉。

# 孩子，不要抱怨读书苦，那是你去看世界的路

半夜醒来，发现女儿卧室的灯还亮着，就过去看。女儿皱着眉，正在抄写英语单词。

我问：“怎么还不睡？”

女儿气哼哼地说：“我今天听写错了几个英语单词，老师让每个词抄写一百遍，还有两百个就抄完了。”

我问：“怎么还错了呢？”

女儿一翻白眼：“没好好背呗。”

我边往外走边说：“那就别埋怨，老师也是为你们好，希望你们扎实地学好知识。”

女儿把书一推：“妈妈，学习好苦呀，还是你们大人好，每天上个班就行，你看我都累成狗了。”

我苦笑，大人轻松到“每天上个班就行”吗？

前几天，我一个表弟有事来找我，脸上大写着一个“沮丧”。

他在一家私企打工，干了六七年，收入还算凑合。可去年有一段时间他们工厂效益不好，老板说工资暂时按百分之六十开，等效益好

了再补上。工人也没啥意见，既然在一条船上，就得同舟共济吧，再说，那百分之四十只是暂时不发，又不是不给了。

今年上半年，表弟他们工厂的效益特别好，天天加班加点赶订单。大家以为效益好了，去年少发的那部分工资该给了吧？

可迟迟没有发的迹象，几个工人就去问老板，老板一脸无辜："去年不是和大家说好的，厂里效益不好，工资就发百分之六十，大家都同意的啦。"

工人面面相觑："不是说效益好了给我们补上吗？"

争执了半天，老板死活不承认说过"补上"这话，工人也拿他没办法。

表弟知道我做HR的，就来讨个主意。

我说这事简单，去劳动部门一反映就解决了。

表弟犹豫着说："不是没想过，只是我们和老板闹僵了，饭碗不就砸了？唉，好几千块钱呢，要是这钱挣得轻松，不要就不要了，可都是用力气换来的钱，想想就心疼。"

我一边继续帮他想办法，一边埋怨："你脑壳也不慢，可当初就不好好上学，整天说上学累，你要是能考个大学，找份好工作，还会受这种气吗？"

表弟懊恼地说；"姐，你就别说了，我后悔有什么用？那会儿我净跟张东打游戏了。"

我哼了一声："张东，人家是拼爹的好不好，他可以大字不识，照样住豪宅、开豪车，你拼谁？你只能拼自己！你堂姐才是你的榜样。"

他堂姐是我这些表弟妹里最出息的一个。

今年7月，在法国留学的表妹回国省亲。她这些年忙于学业，在国内重点大学本硕连读，又出国带奖学金读博士，从小成绩拔尖，当年高考在她们县考了第一名。

饭桌上，表妹侃侃而谈，浪漫的欧陆风情让人神往。

女儿很羡慕，说："小姨，我长大了也要像你一样，去看看外面的大千世界。"

表妹鼓励她："好好学习，你会的。"

女儿问："就只有学习这一条路吗？"

表妹沉吟了一下："对于那些某二代某三代来说，他们通往世界的路有很多条，学习只是其中的一条。但对于我来说，考学可以说是唯一道路。"

我的父母都是务农的，他们去过最远的地方就是县城。每次我妈妈说起县城就特别兴奋，说那里好大呀，人好多呀，东西好贵呀，我都有想哭的冲动。我从小眼见父母的辛劳，就立志要通过自己的努力让他们将来改变一下生存状态，享受一下生活。

女儿好奇地问了她最关心的问题："小姨，你那么努力不累吗？"

表妹笑了："累呀。可是，如果你把学习当成一件有趣的事做，开始的时候你觉得很累，可当你一次次踮起脚超越自己，获得了更多的知识和突破之后，你会感觉越来越轻松，越来越快乐。宝贝，比起面朝黄土背朝天，比起建筑工地的烈日暴晒，比起在寒风中叫卖蔬菜水果，你会发现，学习是最轻松快乐的事。不要辜负十几年象牙塔的时光，它能撑起你的梦想，让你的目标落地生花，人生充满无限可能和希望。"

女儿陷入沉思。

是的，孩子，我也知道你学习苦，也不要求你成为第一，但你要在该努力的年龄，不遗余力。

如果在最该努力的年纪选择了庸碌无为，却借口平凡可贵，我敢保证，将来你会非常后悔，却无法言说。

孩子，不要抱怨读书苦，那是你通向世界的路。

罗素说过，人生应该像条河，开头河身狭窄，夹在两岸之间，河水奔腾咆哮，流过巨石，飞下悬崖。后来河面逐渐展宽，两岸离得越来越远，河水也流得较为平缓，最后流进大海，与海水浑然一体。

其实，这也应是学习的历程写照。

走过这段最狭窄的地方，那些你吃过的苦、熬过的夜、做过的题、背过的单词，都会铺成一条宽阔的路，带你走到你想去的地方。

## 不念过往，不畏将来，今天最好

女儿期中考试成绩出来了，名次比上学期提高了一大截。我鼓励她，让她继续努力。

上学期期末考完试，她的成绩很一般，我当场发飙，弄得我们俩差点翻脸，冷战了好几天。

唉，哪个当妈的不是神经病？

好在女儿和我贴心，并没有和我记仇，过了那几天，又和从前一样黏着我了。

她自己也郁闷，说自己这学期的课程有些落下了，以后还能取得好成绩吗？

我看着她的眼睛说："宝贝，你知道吗，妈妈曾经也这样自问过，但是焦虑是没有用的，更不能自暴自弃，我们不要总想着过去，也不要担心未来，就认真抓住当下每一天，肯定会好起来的。"

女儿从小就乖，我的话她都会听。这段时间，她不再问那些话，也不再担心什么，只是每天早早起床晨读，白天上学认真听老师讲课，下了课认真做题，晚上回来，自己在房间里默默地复习。

她在自己的床前贴了一张字条，上面写着："如果听不懂课的话，请记住，无论如何，你也要挤出时间来补，当天的问题当天解决，别老想着以后再说，否则，只会聚沙成塔，你越往后越难走。"

看她的状态我就知道，期中考试的成绩应该差不了。果然如此。

是的，一个人如果整天后悔已经过去的事，又不肯改变，只在原地焦虑，根本没有意义。不如静下心来，多看几页书，写几行字，背几个单词，你比昨天就多了一点儿成绩。

和女儿说的这些，并不是说教，而是我的亲身感悟，是我自己在现身说法。

很喜欢一首《时间煮雨》的歌，里面有几句歌词：

风吹雨成花
时间追不上白马
你年少掌心的梦话
依然紧握着吗
云翻涌成夏
眼泪被岁月蒸发
这条路上的你我她
有谁迷路了吗

曾经，我就有一种迷路的感觉，时常焦虑却不知该如何改变。

我曾经很不喜欢自己的样子，没有足够努力学习考上理想的院校，拿着微薄的薪水，写不出一篇像样的稿子。才华配不上野心，就只有苦恼着，我无数次问自己：我该怎么办？

后来，我静下心来，把闲聊、刷朋友圈、看电视剧的时间都用在了看书和写字上，每天坚持写一千字。每个夜晚，太多的人在K歌，在搓麻，在聚餐，我则在灯下看书。我不知道未来自己会不会改变，但焦虑着，时间也是在流逝，而做这些事时，心里已不再恐慌。

每天下午下班后，同事都回家了，整个楼里只剩下我自己，那段时间就独属于我，很多文字都是那时从指尖流淌出来的。我不再去想过去与未来，只抓住当下。

一年年下来，我发表的作品越来越多，我的公众号平台越做越大。

记得一个傍晚，大家都下班回家了，我自己在办公室写东西。

有人敲门进来，是新来的小保安，他好奇地问："姐，你每天写呀写的，不累吗？"

我微笑："累，但很快乐；不写呢，我会更累，还不快乐。"

小保安似懂非懂地笑了。

这位小保安是两个月前保安公司派来的。之前有一位年龄大些的，辞职回家了。那位大哥每天下班都要检查一遍办公楼，因为我回家晚，他经常与我碰上。

我们聊过几次天，他和我念叨自己的艰难。人到中年，上有老下有小，用钱的地方太多，每月那两千多块钱工资实在无力供养这些，可保安的工作又没什么技术含量，再努力也难以提高薪水。

他总是一副萎靡不振的样子和我唠叨，说过几次后，我有点不耐烦，就说："你天天抱怨，却什么都不做，一辈子也改变不了的。"

我以为他会生气，没想到他很入心，若有所思了半天，走了。

过了几天，他辞职去开出租车了。听他们保安公司的同事说，他如今的收入是以前的两到三倍，整个人可精神了。

是呀，抱怨着现状，却不去改变，会永远一事无成。其实，所有纠结的人心里都清楚，所谓的命运，还是要靠自己一步步走出来，再犹豫什么也改变不了。但只要抓住今天，想要的东西就会越来越近。

生活不会因为某个节点而变得与众不同，所有的幸运，都是每一个今天努力堆积的。

不念过往，不畏将来，今天最好。

认真对待每一天，不辜负每一寸时光。

珍惜了今天的人，就拥有了过去和未来。

第四章

# 最后相伴的时光里，彼此心安

## 那些废话里，藏着你最大的幸福和最爱你的人

我正在办公室和小伙伴说工作，小张的手机响，他看了一眼号码，眉头微皱，按了拒接。过了几分钟，他的手机又响起，小张继续拒接。

我以为他怕打断我们说工作，就告诉他再有电话可以接听。小张不好意思地笑笑：“姐，不用接，是我老妈，她常常给我打电话，也没什么事，无非一些唠唠叨叨的废话。”

我没有说话，眼睛望向窗外的天空，不敢回头——我怕他们看到我眼里的羡慕、嫉妒以及忍着的眼泪。

曾经，我也和小张一样厌烦过妈妈的唠叨。

婚前，妈妈的唠叨内容主要是什么“多穿点啊，多吃点啊，别减肥，你又不胖什么的”，听得我耳朵里长满了茧。她说这些话时，我或者应付一句“知道了”，或者嘟囔一句“话真多”。

婚后，妈妈更多的唠叨内容是告诉我怎样和婆家人相处，“要包容，要忍耐，凡事不要太斤斤计较”。

那年，我们一家三口在父母家吃饭。妈妈蒸了小笼包和豆沙包，

松软可口，老公一连吃了几个。他不经意地说：“我妈也爱吃豆沙包，就是嫌麻烦不愿做，我有时给她买几个送去，她总说不如自己做的好吃。”

妈妈听了，赶紧去拿了一个袋子，装了几个豆沙包，又放上几个小笼包递给我：“你们吃饱了趁热给亲家母送去尝尝，凉了就不好吃了。”

妈妈一直这样把自己低到尘埃里，讨好我的婆婆。那时候，我总嫌她唠叨多事，满心不耐烦。妈妈去世后，我才懂得，那些示好里，藏着对我最深的爱——只为让我婆婆能善待她心爱的女儿。

赌书消得泼茶香，当时只道是寻常。如今，我多么希望再能听到妈妈说“废话”，可再也没有机会了。

去年有一段时间，老公应酬活动很频繁。有时很晚他还没回来，我就打电话催他，让他喝了酒别开车。电话次数多了，老公接电话的语气明显有了不耐烦。直到有一天晚上，他和几个高中同学聚餐回来，借着酒劲和我嚷起来：“吃个饭接你好几个电话，同学都笑话我，别人的老婆都不催，就你废话多！”

我气得差点背过气去：“我是怕你喝酒开车不安全，真不知好歹！”

接下来的几天，我俩陷入冷战状态，就连他去接我下班都一句话没有。到点了他就等在我单位门口，我下班出来开门上车，一路无语。

那天，老公又去接我下班。我一上车，他就笑嘻嘻地让我看后座上的箱子，说有我爱吃的水果，他刚给我买了一箱各色水果。

我冷冷地讽刺：“这太阳是从西边出来的吧？”

老公一脸赧色：“今天我和张明聊天，说起咱俩吵架的事，我以为他会向着我说你事多，没想到他竟然说真羡慕我，有人惦记着是多么幸福的事。他无论回去多晚、喝多少酒老婆从来不过问，夫妻俩形同陌路。”

张明是老公高中时的同学，我和他见过几次，几乎没见过他笑，原以为他就是那样的人，其实是婚姻不幸福的缘故。

记得有一期《艺术人生》的访谈，主持人朱军问那时还是单身的演员王志文：“四十岁了怎么还不结婚？”

王志文说：“没遇到合适的。”

朱军问：“你到底想找个什么样的女孩儿？”

王志文想了想，很认真地说：“就想找个能随时随地聊天的。”

“这还不容易？”朱军笑。

“不容易。”王志文说，“比如你半夜里想到什么了，你叫她，她就会说：‘几点啦？多困哪，明天再说吧。’你立刻就没有兴趣了。有些话，有些时候，对有些人，你想一想，就不想说了。找到一个你想跟她说、能跟她说的人，不容易。”

是的，找一个能随时随地聊天的人，真不是一件容易事。你是不是也有过这样的时刻：心里憋屈想找个人倾诉一下，翻了半天手机通讯录，面对着几百个名字，却找不到一个可以拨出去的号码，然后轻叹一声，点上一支烟，独自发呆？

一辈子的岁月那么长，总要找一个可以随时与之唠叨的人，不然生活是不是太过苦闷？这世上分明有一个人与你有着最亲密的关系，却不愿和你多废一句话，这该是一种怎样的悲凉？

在上司面前你毕恭毕敬，不敢多说一句废话；在办公室你小心翼翼，生怕说错一句话。只有在那个愿意和你废话的人面前，你才可以卸下所有的伪装，发发牢骚，说说抱怨，不必考虑措辞，不必逞强。

其实，最好的感情就是可以在一起说很多很多的废话，没有什么主题和要素，却说多久都感觉不够。

珍惜那个愿意对你说废话的老人吧，他的废话里，藏着你最大的幸福。有空多陪他聊聊天，子欲孝而亲还在，绝对是命运对你我的恩赐。

珍惜那个一直愿意陪你说废话的他吧，他的废话里，藏着对你最深的爱，他才是最爱你的人。

他们，都是你此生最应该疼爱的人。

# 家祭无忘告娘亲

五年。一千八百二十五个日日夜夜。

妈妈，走出了我的世界，再不回来。那些曾经不敢回首的往事，像一部无声电影，在午夜梦回里一遍遍播放。

妈妈，五年，五年的时间，您可知道我是怎样度过的？

那一天，您被病魔折磨得气若游丝，在我面前，慢慢垂下双手，再无力咳出最后一口痰，就永远地闭上了双眼。

那一刻，我竟如泥雕木塑，傻傻的，呆呆的，只跪在您床前大声念“阿弥陀佛”。

这一世，您已受尽了苦，我企盼菩萨能带您去往极乐世界，再无痛无苦。姐姐悲恸欲绝，想要握您的手，我发了疯般阻止，怕您因了亲人的眼泪而不舍离开这娑婆红尘。

妈妈，您可能体会到我的良苦用心？

您离开后的七七四十九天里，每“一七”，我都去农贸市场买好多活鱼放生。

七个白天，我站在水边，声声念佛，然后把鱼儿倒进水中，看着它们欢快地游走。我把这些许的功德都回向给了您，若是此生您尚有业力，我希望能帮您消除，来生不再受苦。

七个夜晚，我跪在卧室的床上，诵读《地藏菩萨本愿经》，若是您尚未走远，我希望地藏菩萨能带您一程。

那些日子，我几乎每天都精神恍惚地去您和父亲的家。我从未觉得您已不在这个世界——您只是去了隔壁的李阿姨家串门，一会儿便会回来；或者，您只是去了商场，给孩子们买爱吃的零食。

可是，接下来，我如同一个刚做完手术的病人，过了麻醉的时间，慢慢清醒，便开始感觉到肝肠寸断的痛了。此时此刻，我才意识到您的离开，不是暂时，而是这一生这一世。

您的照片，我放在钱包里，存在手机里，只为能随时随地看您一眼。妈妈，我无数次吻过您的脸，您可曾知道?

这一年，于我，最重要的日子，便是清明。去看您时，我带着您爱吃的糕点和水果。我多么渴望还能为您尽孝，只是，纵是买再多又有何用？什么叫“子欲养而亲不待”？我想，没有谁比我更能懂得这句话有多痛了。

妈妈，您走后第二年，我的被子有些薄了。我想加点棉花进去，可是您从小不舍得让我做一针一线，我又哪里会干这样的活？看着被褥上那些密密麻麻的针脚，我哭了一次又一次。慈母手中线，痴儿身上衣。此生此世，谁还会怕我冷，疼我痛?

这一年，只要看到和您有些许相像的老人，我便深深凝望半晌，我多么希望那就是您。多少次，望着那些背影，我站在街头泣不成声。多少个夜阑灯灺里，我辗转难眠，思念像春天里的野草，在心上疯长。

我终于相信，您再也不会回来了。您不是去邻居家串门，也不是去商场购物，您是切切实实离开我了。

春雨绵绵，送走了一个又一个清明，我不知道自己怎样熬过没有您的那些岁月的，我竟然熬过了那么多没有您的日子！

妈妈，我可以试着一点一滴回忆您最后的时光了——您手术的日子，您住院的日子，您被病痛折磨的日子。在这以前，我是不敢的。每次回望，都如同火车在我心上碾过，痛得无法呼吸。

不是淡了对您的思念，只是大痛之后的大悟。

我们一路长大，一路失去，多少亲人，走着走着便消失在岁月的长河里，这是每个人都要面对的无奈。

您的慈爱、您的善良、您的辛勤，给了我对生活的爱，给了我爱的生活。我会带着这些爱，珍惜现世的拥有。

龙应台说，我慢慢地慢慢地了解到，所谓父女母子一场，只不过意味着，你和他的缘分就是今生今世不断地在目送他的背影渐行渐远。你站在小路的这一端，看着他逐渐消失在小路转弯的地方，而且，他用背影告诉你，不用追。

是的，不用追。

我若安好，您才会含笑大堂。我会好好的，您放心吧。

妈妈，若有来生，让我再做您的女儿，可好？

# 这一世，谢谢您给我的最后成全

闺密的母亲住院时，我正在北京学习。电话里，闺密几次号啕大哭。她母亲的检查结果，和我母亲当初一样——癌，而且已经到了晚期。

半月后，我出差回来去医院探视。阿姨看到我，着急地说："你和梦儿关系最好，你劝劝她，别给我花冤枉钱了，好多药都不能报呢。她天天守着我不上班，她的日子还过不过了？"阿姨边说边流泪，我知道，老人家是心疼生活不太富裕的女儿。

此情此景，竟如此熟悉，我恍惚看到了自己病床上的母亲。

我不知该如何回答，只好看闺密，她偷偷使了一个眼色，我们找借口离开了病房。

来到外面，梦儿一直强忍着的泪终于流了下来。我用力拥抱着她，我知道，曾经在我身上经历的苦痛，又要在梦儿身上一一重演了。

医院里来来往往的人，漠然地看着两个泪流满面的女子。在这个日日上演生离死别的地方，哭，是再寻常不过的事情了。

梦儿哽咽着和我叙述了她母亲的病。

阿姨久咳不愈，去医院检查，医生拿着CT结果没说话，让她去把家人找来。久经世事的阿姨很快明白是怎么回事，她平静地安排起后事，怕拖累家人，不愿劳财劳力治疗。这些天，阿姨只让老伴儿陪她住院，女儿在医院待的时间久了她就着急。闺密当然懂得母亲疼她，可是她更愿意在母亲最后的时光里守在她身边。

她问我有没有办法，让她和母亲心安理得地接受对方的良苦用心。

我亦曾侍奉过病母。当母亲的诊断结果摆在我面前时，我根本不能接受。不，一定是弄错了！母亲那般健朗，一顿能吃下半张饼，而且，一日三餐顿顿如此。可信不信都是真的，我一辈子都忘不了那两个字——肺癌，像两把尖刀刺穿我的心。

侍奉母亲的日子里，我曾想过辞职，全心全意照顾她。母亲听了我的想法，急得一下子从床上坐了起来："不行，你不能辞职，你还要生活呢！"

其实，我也是犹豫的。母亲住院，每日清晨都会收到前一天近千元的账单。我有着一份尚算高薪的工作，若是辞了职，怎么应付这庞大的开销？自己以后的日子又该怎么过？

好在，弟弟是自由职业者，有大把时间可以自由支配。我们商定由他日夜守在母亲身边，我照常上班，只在晨昏和休息时间陪着母亲。

想来母亲也是心安的，她不再撵弟弟去工作，也不再和我说钱。她愿意我们守在她身边，也愿意成全我们的孝心——不牺牲自己太多的情况下陪着她、为她花钱。

母亲去世后，我无法形容自己的心痛。好在，这些痛里并没有太多的难安，我与母亲，虽然情深缘浅，但在她老人家最后的时光里，幸而没有留下太多遗憾。

记得一日，我去朋友的公司，唐突地推门而进，竟发现他坐在办公室的沙发上泪流满面。我尴尬地站在原地，不知所措。他擦了一把眼泪，抬起头，示意我坐下。

那天是他母亲的忌日，他和我说起他的母亲。

他母亲在世时，他尚处于温饱阶段，母亲没有花过他一块钱。忽有一天，他母亲心梗突发，几分钟后就离开了这个世界。如今，他已资产过亿，可再也没有机会孝敬母亲了。

朋友那双泪眼经常浮现眼前，我懂，懂他子欲养而亲不待的痛。我想，若是他能用全部的资产，换取一段母亲多停留这个世间的时日，他一定会毫不犹豫，一掷亿金。

两年前我曾在网上看到吴彦祖解散公司，暂别娱乐圈，携妻女返美侍奉病母的消息。之后不久，就传来吴母去世的消息，我当时很是为吴彦祖心生庆幸。他幸而息影，全心全意陪在母亲最后的时光里。否则，这将会是他一生的痛与悔，让他在无数个夜里充满自责。他成全了母亲，也成全了自己。

我告诉闺密，尽自己最大能力为母亲治疗，如果有时间，一定要多陪陪母亲。纵是老人家有离开那天，作为儿女也不会夜夜自责难眠了。老人心疼钱，就告诉她用的药全部能报销好了，让她安心治疗。

我回到病房，和阿姨说：“您就安心让梦儿陪着您吧，单位已经准了她的‘孝心假’，照顾生病老人期间工资发百分之七十。”我怕说百分百阿姨会怀疑，就编了一个可以让她相信的数字。

阿姨脸上露出欢喜的神情，连连说单位的领导真好。她又何尝不希望在自己不多的时日里，女儿能够陪在身边？

但愿人长久，千里共婵娟。

只是，在那些人生的不虞面前，谁又有回天之力？让挚爱的亲人在最后相伴的时光里，彼此心安——心甘情愿地付出，泰然无挂地接受。

或许，这才是一世亲人最后的成全。

## 哪有什么岁月静好，不过是有人替你负重前行

大学同学S一毕业就结婚了，婚后不久怀了孕。本来她想等孩子满一周岁就出来工作，可是她身体底子太差，生孩子时落下一身病。老公体贴她，让她安心在家照顾孩子，不用考虑挣钱，他一个人能养家。

从此，S便一心一意在家做全职太太，再不考虑上班的事。几年后，S又生了一个孩子，更不想出来工作了。

两个孩子都上了学，S有了大把休闲的时间。她经常在朋友圈晒照片：美食、旅游、帅气的老公和两个儿子，还有宽敞明亮的家……让我们这些苦哈哈的上班族羡慕得红了眼。我偶尔和她聊天，夸奖她老公能干，一个人能养四个人，还把日子过得那么滋润。S总是表现得不以为然：“男人嘛，挣钱养家是应该的。”

当初体质虚弱的S，经过这么多年的调养，已是珠圆玉润，看着比同龄人年轻很多。她时常在朋友圈发一些文字，大多是“岁月静好，现世安稳”之类的内容。她微信上的名字干脆就叫“岁月静好”，我常常加班到深夜刷朋友圈时，一低头，看到她的头像就忍不

住心生悲凉——同学不同命，人与人之间的差距怎么会那么大？

春节刚过，公司要举办一个大的商务活动，我负责采购红酒。记得S的老公就是红酒经销商，于是给她打了一个电话，要了她老公的手机号。

电话接通，S的老公听我说明来意，很是兴奋。他说去年和我们老总推销过他经销的红酒，但是没有签成，这次希望我能在老总面前多美言，促成这个大订单。

我们约好时间，让他送几个样品过来供我们挑选，当然，最后签单还是要老总定夺。S的老公把红酒样品送来时，老总正好在市里开会，让我们把红酒拿过去，等散了会一起去饭店吃饭。

我们很快到了老总开会的地点，老总说马上出来，让我们在车里等他一会儿。

S的老公执意不肯在车上等，他说这样不礼貌，就站在车旁等着。北方2月里的天，和冬天差不了多少，温度还很低。我怕冷不愿下车，就在车上坐着。料峭的寒风里，S的老公西装笔挺地站在外面。他和我只隔着一层车窗玻璃，脸上冻得起了一层鸡皮疙瘩都看得清清楚楚。他带着谦卑的笑容，专注地看着会议厅门口方向。

等了二十多分钟，我们老总终于出来了。S的老公赶紧抢步迎上去握手，我也下了车。

我们老总握了一下他的手，有点儿吃惊：“你的手怎么这么凉，没在车里等我吗？”

S的老公连连说：“没关系，没关系，车里太闷，正好透透气。”

我们一起去饭店吃饭，品酒。

酒桌上，为了表示诚意，S的老公一杯接着一杯地干，把我看得心惊肉跳。我劝他少喝点儿，酒喝多了对身体不好。

他笑：“没事，已经习惯了，经常这样喝，我这个老板说得好听叫‘总’，其实就是销售员，不喝酒怎么卖酒？”

中途的时候，S的老公说去一下洗手间，我看他脸色十分难看，就追了出去。洗手间门口，一股刺鼻的酒味迎面而来，S的老公弯着腰在洗手池那里吐，表情痛苦不堪。他看到我，强颜笑了笑，继续吐。

我默默退到门口等他。想起S秀的那些幸福，我不由得苦笑。她一定不知道自己老公的工作会如此辛苦，那些光鲜背后，就像他穿着单薄的春装站在寒风中等客户一样，不过是咬紧了牙关在支撑。

青春年少时，我并不曾懂得自己那些快意活法，都是来自父母的躬身托起。我迷席慕蓉的诗，做琼瑶的粉，为赋新词强说愁，唯独没想过父母的辛苦和劳累。

婚前，我在家里甚至没有洗过衣服，更没洗过碗，婚后也整天在父母那里蹭吃蹭喝，吃完抹嘴就走。曾经有年轻的同事看到我的手，无不艳羡地说，姐姐三十几岁人的手，竟如同婴儿般柔软白皙。我扬扬得意，自诩丽质天生。

记得那一天，妈妈手上的戒指摘不下来，让我帮忙。我摸着妈妈的手，感觉那么粗糙那么僵硬，心口不由得一紧。我低头看时，发现她的指尖全是裂口。大的裂口上，贴着医用胶布；小的裂口，一个个张着嘴，仿佛诉说着经年的辛劳。

我满心愧疚与感动。妈妈这双粗糙的手，为我承担了太多的累，我却一直以为那是天经地义。

众生皆苦，没有人会被命运额外眷顾。如果你活得格外轻松顺遂，一定是有人替你承担了你该承担的重量。

那个替你负重前行的人，就是这个世界上最爱你的人，他总是怕你太累，而把最多的重量放在自己肩上。如果一个人对你好，绝对是命运的恩赐，而不是理所应当。哪怕是夫妻，哪怕是父母。

你要学会珍惜那个人。

# 父母在，座机留

十几年前，父亲给家里装了一部座机，让刚上班的我，有一种不可名状的兴奋感。有事没事的时候，我就偷偷用单位的电话给家里致电。无非问问妈妈晚上做啥好吃的，正在更年期的爸爸今天发脾气了没有。而妈妈，在我的记忆中，似乎没有过更年期的经历，总是一副好脾气。那部电话，偷听了太多我对妈妈的撒娇，不知它可曾记得。

结婚时，手机尚是极稀罕物件，我就装了一部座机。然而，我给爸爸妈妈打电话的次数，简直屈指可数，只顾忙于小家庭的建设了，倒是经常接到妈妈打来的电话，让我们全家去吃饭。或者，爸爸送了水果和蔬菜来，让到小区门口接一下。

再后来，我和老公都有了手机，家里的座机逐步进入赋闲状态。每周固定大扫除的时候，我才擦拭一下落满灰尘的电话机。它好像成了一个摆设，数日也听不到一次铃声。偶尔响起，必定是我那用不惯手机的妈妈和婆婆，无非唠叨一些注意事项和家长里短，我戏谑地称之为“老年专线”。

买了家庭轿车后，常常下了班一家子去妈妈那里蹭饭，日日见面，妈妈不再打电话嘱咐这嘱咐那的了。因为交通方便，即使几十公里之外的婆婆家，也是每周必到。家里的座机一年也听不到几次铃声，似乎毫无用处了。电话机有着粉色的美丽外壳，摆在书桌上，宛如一个红颜未老恩先断的失宠妃嫔。我和老公几次商量要拆掉它，只是嫌麻烦一直未付诸行动。

平淡的日子最寻常，却最珍贵。我以为，时光会一直这样无风无浪地走下去，从不曾去想这个世界上还有一个词，叫“无常”。

妈妈的病，打破了这种平淡。手术后的妈妈，变得异常虚弱。每日下班后，我都要去看看她，才放心回家。有一天，我下班直接去了商场，逛着逛着就忘了时间。手机响起，是妈妈家的号码，我赶紧接听，那端传来妈妈焦急的声音：“二子，你今天怎么没来，路上没事吧？”泪一下子涌出。挂了电话，我用最短的时间飞奔到了妈妈身边。

每晚睡觉前，我都要和妈妈通电话。如果是妈妈打来，必是座机响起，十一位的手机号她总也记不住。七位数的号，她根本不用想，从来都不会拨错。

永远也忘不了那个凌晨的三点，一家睡得正熟，书房的电话铃声吵醒了我。我跑去接听，姐姐慌乱而焦急地说，妈妈病重，让我们赶紧过去。我抖成一团，随便套了一件羽绒服，跑向小区的大门。门卫大爷早已睡下，被我给敲窗叫醒。听我说了缘由，他迅速开了大门。老公的车也到了，我们飞速驶向妈妈家。

妈妈被送进了特护病房。那一夜，我趴在床边看着气若游丝的妈妈，心如刀割。黎明时，妈妈睁开双眼，看着哭红了双眼的我，安慰道：“二子，妈妈没事，你不用担心。你要想法生个二胎，等你老了，一个孩子怕照顾不过来。你只管生，我病好了帮你带。”我已经哭得说不出话来。

四天后，妈妈永远离开了我们。

我常常痴痴望着家里的座机发呆，想着妈妈曾经的那些碎碎念，那些我和妈妈撒娇的时光，还有妈妈病重那晚急促的铃声。

心，是疼的，亦是暖的。

拆座机的念头再也没出现过。为我年迈的婆婆，为我日渐老去的父亲，我会一直保留着它。只为他们一抬手，便能找到自己的孩子，给他们一份安心，不用在那些新的通信工具面前局促、忐忑。我们能为父母做的，其实并不多。

父母在，座机留。

# 手足，是父母送给孩子最好的礼物

这世间有一个人，偶尔会和你吵架，偶尔会和你斗嘴，他总是抢你的点心，总是向父母打你的小报告，但也总是爱护你比谁都多。这个人，叫手足。

——题记

## （1）

自从家里有了他，父母的注意力就完全转移到他身上了。中国人的传统意识里，重男轻女似乎天经地义。最讨厌的是，我要把本来不多的零食，让给他吃。我还要学着干一些力所能及的家务活，因为我是姐姐。

小时候，弟弟在我眼里并不亲，甚至有点可恶。和他单独在家时，我便给他一张冷脸——谁让他抢了父母的宠爱。

他是家里唯一的男孩，却没因为父母的宠变得娇里娇气。他说，他要做个男子汉，保护我和姐姐。

长到十几岁，我俩几乎一般高。我经常在假期里穿他的衣服，肥肥的，特舒服。他一次次气急败坏地警告我，不许再碰他的衣服，我总是只管穿不管洗。可没几天，他又笑嘻嘻地扔给我一件T恤或毛衣，说这衣服我穿好看。

我们打打闹闹，一直到二十几岁。父母每次看着我们吵架，很少阻止，只是笑。他们说，长大了让吵也不会吵了——亲还亲不过来呢。

果然。各自成家后的我们，有了不一样的感情。他每次出差，都会带给我或多或少的特产。而我，在他为生意所忙所累的日子里，总是暗暗为他的身体担心。他的孩子，我视若己出。而我的女儿，第一次带她吃麦当劳和肯德基的，都是舅舅。

赶稿子的夜，肚子饿了找吃的，冰箱里放着他从内蒙古带回来的牛肉干。喝着他送给我的茶，咀嚼着美味的牛肉干，我的嘴角偷偷露出一丝得意的笑。弟弟，是不是在补偿小时候抢去的那些零食？

（2）

正上班，接到姐姐打来的电话，晚饭去她家吃野菜馅饺子。

我的胃只爱这些素食，野菜于我，是最好的珍馐。姐姐知道我忙，没空做，每次包了饺子，都让我们举家去吃。

妈妈去世后的那年，整个夏天，我常在姐姐家蹭饭，以前是在妈妈家。姐姐知道，从小娇气的我，天一热就不愿做饭。她默默承担了妈妈的责任，整个夏日给我们全家做晚饭。

我还经常挑剔，这个不好吃，下次别做了。

老公便说我：“自己不做饭，别那么多毛病！”

去年，该死的小偷撬门洗劫了我的首饰盒，把我所有的金银首饰都偷去了。姐姐知道后，打来电话安慰：“别心疼啊，你去商城转转，喜欢什么样式的首饰拍个图片，我去给你买。千万别着急，这些都是身外之物。”

其声如母。

我掩面而泣。万丈红尘，谁看到我笑，轻扬嘴角？谁看到我哭，欲以身代劳？

## （3）

最近，弟弟生意上遇到了一些烦心事，经常在朋友圈发一些颓废的文字，让我惴惴难安。

几日前，他约我们一家去他店里吃饭，虽然话不多，但我能看出他情绪低落。我多想像小时候那样牵着他的手，一起回家找妈妈。可是，即便回家，家里也再没有等待我们的妈妈了。

凌晨一点，我辗转难眠，想着弟弟，心不由得隐隐地疼。我不知该怎么做，就在微信上给他转了一些钱。

清晨手机响，弟弟回复：“姐，我不缺钱。”

二十四小时后，转给他的钱又给退了回来。

是的，弟弟缺的不是钱，是爱。好吧，余生也长，让我替妈妈来爱他。

## （4）

周日，我出门上班时，女儿偎在沙发上，一脸落寞。老公单位加班，又要让女儿自己在家了。

我看着女儿的样子，心里有些不忍，对她说：“宝宝，你去找同学玩吧。”

女儿懒懒地说：“没有人，她们要么上辅导班，要么在家陪弟弟妹妹。”

我忐忑地出了门。

这种忐忑，越来越强烈地包围着我。我一直在生与不生二胎这个问题上纠结，下不了决心。是不是我太自私？身体孱弱，意志薄弱，我就这般一边纠结，一边愧疚着。

如果可以，我还是希望有一天，能诞下一个宝宝，再次品尝养育幼子的辛苦与快乐，让女儿在这个世间多一个至爱。

这个至爱，能使一颗胆怯的心变得勇敢，能让一个孤独的灵魂抱团取暖。当你有成就时，他给你掌声和赞美；当你遇到挫折时，他给你鼓励和安慰。

手足，是父母送给孩子最好的礼物。

# 妈妈吃什么了

今生今世，我最忘情的哭声有两次：一次，在我生命的开始；一次，在你生命的告终。第一次，我不会记得，是听你说的；第二次，你不会晓得，我说也没有用。

——余光中《致母亲》

炉子上炖着一只鸡，已经很长时间了，满室肉香。

我坐在小板凳上，满脸深情地守在炉子旁边。我怕鸡熟了的那一刻，鸡腿都被弟弟抢去。妈妈走过来，笑着说："馋猫，去帮我买块肥皂，鸡熟了我会给你留一条鸡腿。"我无可奈何又恋恋不舍地站起身，飞奔去商店。

买回肥皂，我赶紧看炉子上的鸡。妈妈已经端到一边，只等父亲下班回家吃饭了。我再不肯出去，一遍遍看挂在墙上的钟。

从不干家务的弟弟，竟然帮忙摆好了碗筷。

我心里鄙夷："哼，这个贪吃鬼！"其实，我何尝不是。

盼望的自行车铃声终于在院中响起，我欢呼雀跃："老爸回来了，可以开饭啦！”

母亲端上那只香喷喷的鸡，先撕下一只鸡腿，给了弟弟，又撕下另外一只鸡腿，递给我。父亲和姐姐也坐下吃饭，吃相饕餮。只有母亲，给每人盛上一碗粥，又去给等在院内的花狗喂食，省得它一个劲儿地往屋里钻。

等我们快吃饱时，母亲才坐下吃饭，碗里的肉已经见底了，只剩下一个骨头架子。院中的小伙伴在呼唤我的名字，我放下碗筷，跑出去玩了。

有鱼有肉吃的日子，大多是等外地上班的父亲回家时才有。

每次炖鱼，怕我和弟弟你争我抢，母亲总会给我们俩各自盛出一碗。可是，每次我都会说妈妈偏心，只疼弟弟不疼我。因为弟弟碗里的鱼，总是比我的多。

妈妈一边嗔怪我没当姐姐的样儿，一边再夹一块鱼肉给我。而此时，锅里除了鱼头和鱼尾，基本没有多少鱼肉了。姐姐吃得很少，母亲总说自己不爱吃鱼，父亲呢？我根本不记得了。

这已是二十几年前的事了，说的是我贪吃的童年。现在的我，对鱼和肉早已没有丁点儿兴趣，一年不吃都想不起。

偶尔聚餐的姐弟三人，经常为找一家不油腻的饭店，开车转过城市的许多街道。

城东僻静处，开了一家素菜馆，听说喜食者众。那日，我们姐弟三人相约前往。

一位身穿对襟上衣的女子款款走来，微笑着询问我们想吃点儿啥。我一眼看到菜单上的手擀素面，指着说，就来三碗面吧。

有多久没吃这样的面了？十年？二十年？不，应该更久。自从有了面条机，已很少吃到手擀面了。

小时候，为了这样一碗面，不知装过多少次病。我最爱装肚子疼，妈妈总会煮一碗香喷喷的手擀面给我补肚子，那是我记忆中最好的美食。

热腾腾的面端上来了——手擀，葱花、酱油、香油，以及趴在面条上的荷包蛋。我贪婪地深、深、深呼吸，似乎闻到了妈妈的味道。

我们不再说话，只埋头大口吃面，仿佛又回到童年抢食的岁月。

忽然，我想起一个问题："那会儿净顾着吃了，每次我和弟弟把鱼和肉盛走后，锅里好东西就不多了，爸爸和大姐还要吃，妈妈每次都最后吃。可是，妈妈吃什么了？"

弟弟一脸茫然，他也光顾吃了，丝毫不记得妈妈吃了什么。大姐幽幽地说："每次你俩把大部分鱼和肉抢走，妈妈就让我和爸爸吃剩下的。而她自己，只用馒头蘸汤吃。"

泪，淹没了我们的双眼，姐弟三人无语哽咽。

妈妈离开我们整整五年了。

# 如果，你看到我父亲过马路，请慢点儿开车好吗

周日，我坐大巴去天津。司机是我的一个老邻居，几年没见面了，我坐在最前面的座位上和他聊天。

大巴车在国道上飞快地行驶，走到一个镇子时减慢了速度。司机说，每次从这儿过都小心翼翼，这条路从镇子里穿行，马路上总是有行人。

我们正说着话，突然，前方一位六七十岁的老人从路边横穿过来，朝着大巴车挥手。司机根本没有防备，眼看就要撞上老人了，我吓得捂上眼睛，尖叫了一声。车狠狠地颠簸了一下，停了下来。我慢慢睁开眼，看向外面。还好，那位老人毫发未伤，目光呆滞地站在车前。

司机边跳下车边破口大骂：“老东西，你找死呀，是不是来碰瓷的？”

我也跟着下了车，那位老人一脸迷茫，只是喃喃地说：“我想坐车去看我儿子和孙子，你看我给孙子买了玩具。”

我低头看，老人手里拿了一支小小的玩具手枪，看上去像是买什

么东西带的那种赠品。

司机仍旧骂骂咧咧，老人一脸无辜，坚持要坐车。

镇子里的人渐渐围了上来，有人认出老人：“这不是张大爷吗？他老年痴呆，一会儿清醒一会儿糊涂的，他老伴儿刚去世，儿子全家在北京，说找好房子把他接过去，平时都是邻里照顾着，怎么一个人跑这儿来了呢？真危险！”

那人边说边扶老人：“张大爷，去看您孙子不能坐这车，您孙子在北京，人家这是去天津的。我送您回家吧，您儿子这几天就回来接您了。”

老人不情愿地跟着邻居走了。

回到车上，我和司机都不再说话，他还在为刚才的事生气。我看着窗外，眼里默默流下了泪。

我心疼那位老人，自己的身体都这么不好了，还心心念念着儿子和孙子。或者，天下父母都是这样的吧。

记得去年我正在上班，堂兄打来电话，说大伯骑着三轮车过马路时被一辆小轿车给碰了一下，大伯从三轮上摔下来，住院了。我赶紧飞车赶到医院。

病房里，大伯安静地躺在床上，身边围着堂兄和堂妹。大娘坐在椅子上，一脸倦容。

堂妹过来拉着我说：“姐，还好那车开得慢，人没有什么事。只是栓塞又犯了，听医生说栓到了数字神经上，可能会不识数儿了。”

我舒了一口气，只要身体行动不受影响就行，识不识数倒没什么要紧。

看大伯醒着，我走到病床前和他聊天。大伯思路挺清晰，和平时看不出多大异样。

我想到他数字神经上的栓塞，就问：“大伯，您多大年纪了？”大伯一脸茫然地摇摇头。

我又问：“大娘的年龄您还记得吗？”大伯还是摇头。我接着问了几个和数字有关的问题，大伯全都回答不上来，他焦急的目光不断向大娘求助。

大娘问大伯：“你几个孩子？”

“两个，这还用问！”大伯不假思索地回答。

大家都笑了，大伯也笑。我笑着笑着，眼里却有了泪，大伯不记得任何和数字有关的东西，唯独忘不了自己的孩子。

《诗经》里说：“哀哀父母，生我劬劳。无父何怙，无母何恃？”

是呀，父母在，我们尚有来处；父母不在，我们就只剩下了归途。

而当有一天，我们的父母离开了之后，你才会发现，那些曾经和父母在一起的日子，一起吃过的饭，一起开心的笑容，一起经历过的争吵，都写着一个大大的“幸福”。

自从母亲去世后，我最惦记的人就是父亲。

父亲住在城市的中心，每次我开车路过那里，会不自觉在那个路口张望，看看有没有父亲的身影。

一天，我看到父亲正在过马路，估计是刚刚钓鱼回来。路上车流滚滚，父亲小心翼翼地穿梭其中。我停不下车，只能稍稍减速，眼睛直直地看着父亲。

在我的记忆中，穿了一辈子军装的父亲，永远是英姿飒爽的风采。可是，他的腰身、他的白发、他的皱纹，都告诉我，父亲老了。

父亲手里的鱼竿忽然掉到了地上，我的心提到了嗓子眼。父亲弯腰捡起鱼竿，有车在他身后停住，还有车从他身边缓慢绕行。

看着父亲安全到了对面，我才加速离开。

每个周末，我会去看父亲。也不过是来去匆匆，很少陪他长时间说说话。而我每次打电话给他，他都重复着一句话："我很好，你们忙，不用惦记我。"

我知道，那些话大多是父亲善意的谎言。他有几次生病，我都不知道，还是好了之后，听弟弟说起。

父亲老了，我不能时时刻刻守在他身边，不能每一次陪他过马路，不能每一次陪他去商场，不能每一次陪他上医院。

如果，你在路上遇到我的父亲，请开车慢一点儿，再慢一点儿，好吗？

## 婆媳最佳距离：能听到彼此的开门声

“五一”回老家，吃过午饭，婆婆叹了一口气说：“邻居都往城里搬，几个老姐妹都跟着孩子搬新家了，我现在串个门都难。”

我知道，婆婆这是不愿一个人住了，想和我们住。公公去世早，婆婆始终一个人住在老家。白天还可以去邻居家串串门，可是到了晚上，满屋的寂寞和荒凉真是让人坐卧难安。

老公也曾和我商量把婆婆接到城里同住，我总担心婆媳同一个屋檐下住着会生出许多罅隙。如今婆婆话都说到这份儿上了，我还能装作听不懂吗？

我还没说话，老公已经抢着说：“妈，您早该去城里和我们一块儿住，您身体虽没大问题，可我天天挂念着呀，晚上经常睡不好觉。”

婆婆点头同意：“嗯，那就下周日搬吧。”

搬家那天，婆婆看着满屋子旧家具，伤感地说：“这些家具可不能扔，几十年了天天看着，就像自己的孩子一样亲。”

我笑：“妈，这些东西往哪放啊，带点儿衣服就行，家具就留在老家吧。”

婆婆发了一会儿呆，开始收拾东西。在我和老公的几次精简下，终于只带了两个大袋子。

毕竟故土难离，在婆婆的眼里，我还是看到了湿润。我心里有些不忍，把墙上的照片摘下来想给婆婆带着。那是一张十几年前的全家福，除了还没进门的我，全家人都在。公公乐呵呵地坐在凳子上，身边都是最亲的人。

婆婆拦我：“别带了，你公公在这儿住习惯了，到了城里怕受不了。”

坐在车上，婆婆一直回头看那几间已经走出视野的房子，满脸不舍。直到看不到村庄的影子，她才回过头。让我不由得想起小时候，父母要上班，送我去外婆家的情形。

刚来城里的那几天，婆婆还是有些兴奋的。新楼房、新家具、新被子，一水儿的新东西，让她觉得理想中的好日子来了。

婆婆来的第三天，中午我下班回到家，婆婆已经做好饭。虽说简单，可吃现成的，我也还是很高兴。婆婆胃不好，顿顿都要煮粥，这天熬的是白米粥。我眼睛盯着电视看节目，端着碗喝了一口粥，感觉嘴里不对劲，一根头发被我喝了出来。我跑到卫生间狂吐，直到吐出了胃里所有的东西。

回到客厅，我再也吃不下一口饭。婆婆一脸尴尬。

晚上，我喊婆婆：“妈，您洗个澡吧，解解乏。”

婆婆不情愿地起身，和我来到卫生间。

等婆婆洗完澡，我去把卫生间彻底清洗了一遍，才放心出来，正好听到婆婆和老公对话：“你媳妇是不是嫌我脏啊？我一辈子在农村可没那么多讲究。”

老公小心翼翼地答：“没有，她就是爱干净，您知道的，您在意着点儿不就行了。”

婆婆有些愠怒：“我已经够在意了，在这个家里，我这儿也不敢坐，那儿也不敢摸，比蹲监狱还难受，你赶紧送我回去！”

老公不再吭声。

自从发生了“头发”事件，婆婆就不再做饭，也正合我意。

婆婆住了一个多月，脸上几乎看不到一丝笑容，几次听到她压低声音和老公吵。我也不好受，小心翼翼、忍气吞声，背地里没少和老公发脾气。

婆媳关系真的是千古一大难题，老公一筹莫展。

晚上，我和老公要钱，看中了一款项链，我工资卡上余额不足了。

他嗫嚅了半天：“媳妇，先和你商量件事。对门的两居室出租，我想给妈租下来。她几次闹着要回老家住，可她身体不好，自己住哪行，亲戚朋友笑话不说，我自己也觉得不安。我看出来了，妈来的这些日子你也很难受。要是在对门租一个房子，这些问题不就解决了吗？”

我想了想，婆婆来的这段日子确实很别扭，天天端着，明明在自己家里可总觉得不自在。要是婆婆在对门住，既不用我们城里乡下来回跑，又能住得踏实，确实不错。我点头：“好吧。”

由于对门是新楼房，房东只提供了一套厨具和一张床，看着空荡荡的。婆婆让老公回老家拉来几件家具，摆上后有种回到老家的恍惚感，看着很亲切。忙活了一上午，婆婆就在对门安家落户了。

每天下班，我都先去对门坐一会儿，开门时都会看到婆婆开心的笑脸，我暗吁一口气：她老人家总算满意了。

婆婆说口味和我们不一样，提出自己单独做饭。老公说这样也好，让她有点儿事做，比天天闲着强。

周末我偶尔做了好吃的，也会给婆婆端一碗去，婆媳关系空前良好。老公戏谑，我和婆婆可以参加“中国好婆媳”的评选了。

婆婆习惯早睡早起，她起床后要去小区遛弯。每天清晨听着她开门的声音，就像给我们定的闹钟，提醒着我们起床，也告知着婆婆的安好。

婆婆把从前挂在老家墙上的全家福也拿来了，她说自己现在住的屋里都是老家具，公公也会习惯的。真是我心安处是吾家。

曾经看到这样一句话：父母和成家后的子女的最佳距离，是保持一碗汤从父母家端到子女家不会凉掉的距离。

我算过，一碗汤的距离也要隔着一段路。父母身体健康时，这或许没问题。但当父母身体欠佳时，与他们比邻而居，能听到彼此的开门声，才是最好的距离。

# 三四十岁的时候，住在哪里最重要

朋友的父亲上个月去世，临终前一直念叨着想看一眼六年未见的幺女。朋友的小妹定居美国，因为孩子太小回不来。老人终究带着遗憾走了。

朋友说，她父亲走的时候正是白天，也正是美国的夜晚。她刚想给小妹打电话，小妹的电话先到了。

电话里，小妹说，她梦到父亲去美国看她了。

朋友告知妹妹，父亲刚刚去世。姐妹俩在电话两端号啕大哭，想不到，老人活着没有见到幺女最后一面，却在没了肉身的羁绊后，越过千山万水去了美国，出现在女儿的梦里。

我泪如雨下。

一场魂魄入梦的死别，是多么令人心碎和心痛！

这一生，谁是我们最重要的人？我认为，除却父母，再无其他。当然还有夫妻，还有兄弟姊妹，但我觉得都比不上父母子女的骨肉亲情。

一个人，无论多么自私冷漠，在身为父母后，也会变得柔软而温暖。如果说让他们变成孩子脚下的水泥路，可以带孩子走向更好更大的世界，他们一定会躬身伏地，无怨无悔。

我的一位叔叔特别严厉，几乎没见他笑过。他的儿子也就是我的堂弟，因为不用功读书，不知挨过父亲多少次打骂。

堂弟曾咬牙切齿地和我说："等考上大学，我一定远走高飞，再不回这个家！"

我问："你父母只有你一个孩子，你不回来，他们老了怎么办？"堂弟沉默不语。

高考后，堂弟以优异的成绩被一所"985"学校录取。那一天，我终于看到了叔叔的笑，虽然只是荡漾在脸上的浅浅笑意，但分明写满了骄傲和自豪。

堂弟上大学那四年，果然很少回家，假期里总是以各种各样的理由不回家。每到假期，看着人家孩子都往回跑，叔叔和婶婶就在家里两两相望，唉声叹气，骂堂弟没良心。

婶婶经常和我妈妈抱怨："这个兔崽子白养了，记着他爸爸的仇呢，他怎么不知道那是为他好呢？"

妈妈劝慰婶婶："这孩子是有点儿淘气，但绝对是个品质好的孩子，你放心吧，他不会不管你们的。"

婶婶叹气："唉，大不了老了去养老院。"

她说这话的时候，眼里差点儿落下泪来，我知道她根本不愿去养老院。

堂弟毕业后，被一个科研机构录取了。那个机构有两个研究所，一个在北京，一个在离家不远的地级城市。在北京工作了几年后，堂弟自愿调动去了那个地级市。

我问他怎么这么傻，北京可是政治和文化的中心，一个地级市怎么能和首都比？

堂弟慢悠悠地说：“我当然知道那里没有北京好，可是，北京的房价那么高，我一辈子能给自己买套房子就不错了，父母怎么办？他们只有我一个孩子，不能把他们扔在家里吧？”

前年，堂弟在一个小区首付买了两套两居室，把父母接到身边。叔叔婶婶欢天喜地地搬了家，没有一点儿离乡之愁。他们说，人老了，就得跟着孩子走，孩子在哪儿，哪儿就是家。

是呀，岁月是个跷跷板。

我们小的时候，父母是大树，给我们一地阴凉为我们遮风挡雨。父母在的地方，就是我们的家。而等父母老去的时候，我们就成了父母的保护伞，你在哪儿，哪儿就是他们的家。

我刚毕业那年，在一家医院的内科门诊实习。一上班，从门外颤颤巍巍走进来一位老大爷。我赶紧上去扶了一把，询问病情。老大爷说自己视力越来越模糊，来医院瞧瞧。

我问：“怎么就您自己，没人陪您来呢？”

老人说：“我儿子在外地上班，工作忙，一年就回家一趟。老伴儿半身不遂，在家呢。”

带我实习的老师让我把老人送到眼科看医生。

忙碌了一个上午，下班路过大厅，看到那位老人拿着处方四下张望。

我走过去问：“您怎么还没回家？”

老人目光呆滞地看着我：“闺女，在哪儿交钱，在哪儿拿药哇？”

多少年过去了，老人那无助的面容我一直没能忘记，每每想起就心口发紧。我还见过行动不便，过马路被司机责骂的老人，也见过在商场的电梯前踯躅不敢上去的老人。

《诗经》里说：“父兮生我，母兮鞠我。抚我畜我，长我育我，顾我复我，出入腹我。”意思就是父母生我养我，拉扯我长大，呵护备至。

是呀，父母的一生都在为子女忙碌。你的世界很大，父母只是你的一部分。父母的世界很小，你却是他们的全部。

十几岁，为了求学你可以四海为家；二十几岁，为了事业你可以纵马天涯。但是，当你三十岁、四十岁，父母开始需要你照顾的时候，你是否也应该为他们考虑一下了？

如果，你有能力选择工作和买房的机会，你觉得住在哪里最重要呢？

子欲养而亲尚待，绝对是上天最大的恩赐。

能让自己舒适地生活，能让父母安享晚年的地方，才是最好的地方。

# 婚姻是江湖，我让婆婆当“老大”

## （1）

搬到新家后，婆婆就和我们住到了一起。

来后第二天，她老人家去早市买回很多菜，冰箱里都快放不下了。我皱皱眉：“妈，您别一次买这么多，吃不了会烂掉的。”

婆婆反驳道：“你们总是在超市买菜，又贵又不新鲜，我这都是菜农刚从地里摘下来的，买多了还优惠。”

我不服气：“妈，菜放久了味道就变了！”

此时的婆婆已有些不高兴：“这过日子就得算计着，以后买菜的事你们就甭管了！”

我还想说话，被老公用眼神制止了。

公公去世得早，婆婆的性格很要强。我从小也娇生惯养，好在婚后没和婆婆住一起。加上机智的老公常常打圆场，总算没引起过婆媳战争。

几天后的一个清晨，我们还没起，就听到厨房传来叮叮咣咣的声音，突然想起婆婆昨天宣布即日起早餐也不让我们管了。我起床来到餐厅，餐桌上已摆好小米粥、热腾腾的大馒头，还有一碟豆腐乳。

我愣了一下，问：“妈，怎么不是牛奶面包，咱家早饭从来没吃过这些，我吃不惯。”

婆婆撇了撇嘴：“你们就是懒才吃那些现成的东西，我做的早餐，是老祖宗传下来的，养人呢。”

我嘴上不说，心里却嘀咕：你就是自私，只做你自己爱吃的，还打着老祖宗的旗号。

大早上的我实在吃不下馒头，就去冰箱里拿面包。

婆婆脸色有点不好看，眼睛盯着我手里的面包不说话。老公赶紧拿起馒头咬了一口，夸张地赞：“老妈做的饭就是好吃！”我在桌底下踢了他一脚。

老公开车送我上班，见我不悦，拍拍我的手说：“妈年纪大了，生活理念和咱们肯定有差异，你要多担待，少跟她顶。”我点点头。

一个多月，我和婆婆倒也相安无事。

## （2）

中午下班回家，婆婆正端了一盆水擦地，地板上都是水。

我尖叫了一声：“妈呀！”

婆婆愣住了，问：“怎么啦？大呼小叫的。”

“妈，这木地板不能用这么多水，会变形的。”

婆婆不以为然地说：“地板就是给人踩的，哪那么娇气！”

我翻了一个白眼：“妈，以后打扫屋子我自己干吧，您歇着就好。”

婆婆哼了一声，扔下满地狼藉进了卧室。

怕婆婆再出现这样的状况，我每天晚上都要打扫房间，天天累个半死。婆婆也不开心，一辈子干惯了活的她被我抢了“工作”，总是一脸落寞地坐在沙发上发呆。

我和婆婆陷入一种微妙的局面，表面上不动声色，心里却都较着劲。

我心情不好，不愿打理家里的花，接连死了好几盆。老公说花知道人的心思，是为婆媳不和伤心而死的。虽然有玩笑的成分，但上学时植物老师确实讲过植物的兴衰和周围磁场有关的话。

那日正吃晚饭，刚大学毕业的小姑子来了，进门就喊饿。她吃了一口菜，嚷起来：“妈，这菜不好吃，我想吃汉堡。”

我以为一向严厉的婆婆会呵斥她几句，婆婆竟然啥都没说，一脸宠溺地笑：“好，妈下楼给你买，一个够吗？要不再来几块鸡翅吧。”

看着婆婆对小姑子和我截然不同的态度，我心里很不舒服。

## （3）

周末我去父亲那儿，他正在看电视剧《少帅》。我拉着脸，坐在沙发上不说话，父亲忙问我怎么个情况。

我把和婆婆发生的那些不快说了。父亲说：“你呀，说话总是不注意方式。那是你婆婆，又不是你妈，你们毕竟没有血缘关系，她怎么会像对闺女似的那样宠你呢？”

父亲停了一下，指着电视说：“这部剧里，张作霖有一句金句，‘江湖就是人情世故’，其实，婆媳关系也是人情世故。你婆婆爱拔尖，你也不甘落后，都冲到最前面，彼此之间没有转圜的余地，家里还不剑拔弩张的。你要学会示弱，她愿意管家让她管嘛。让她当

‘老大’，你落得清闲，还显得孝顺，又能家庭和睦，何乐而不为呢？”

我想了想，是这么个理儿，竖起大拇指：“果然姜是老的辣。”

傍晚回家，婆婆正在厨房忙活。我过去帮忙：“妈，您近来厨艺超级棒，做的菜越来越好吃了。”

乍闻我的夸奖，婆婆瞬间有点儿愣怔，不过很快露出喜悦之色：“我做了一辈子饭呢！”

我和婆婆边聊天边做饭，我一改往日挑刺的语气，一副纤柔的姿态。

我装作可怜巴巴的样子说：“妈，我从小养了一身坏毛病，爱挑食，早饭就怕吃馒头。”

婆婆脸上马上露出难得的慈爱：“女孩子都娇气，你小姑子也是这不吃那不吃，以后早餐我单独给你烤面包哦。”

老公回来恰巧听到我俩的对话，笑着说：“哇，好有爱的场景啊。”

按照父亲教我的“示弱法”，我不再和婆婆争上风，而是把面子留给她。婆婆自然很受用，对我的态度一百八十度大转弯，经常向邻居夸我懂事。

老公高兴又疑惑，学着贾宝玉的口气打趣我：“是几时孟光接了梁鸿案？你说说我听听。”我微笑不语。

## （4）

婆婆知道我喜欢花，去市场买回几盆鲜花摆在客厅里。家里像春天的花房，处处弥漫着淡淡的花香。女儿说家里变得都快认不出了呢。

吃过晚饭，我收拾餐桌，婆婆赶紧拦着：“你上班累了一天，快去歇着吧。”

我一脸感动：“妈，还是您疼我，我这升职了，每天在单位干不完的活，都累死……”

还没等我说完，婆婆接过去说：“以后家务活我全包，就当跳广场舞了，你啥活都不用干。”

“妈，您真好。”我真诚地说，眼里不知何时有了泪。

我斜倚在床上看书，听婆婆哼着《小苹果》在客厅擦地。一抬头，我发现墙上那幅“家和万事兴”的十字绣，在灯光下显得格外温馨。

婚姻是江湖，不妨把婆婆捧成“老大”。我退一步，她也不得寸进尺；她进一步，我也不恃宠而骄。找到婆媳最佳的相处距离，家庭和谐原来so easy。

此时此刻，我愉悦的心情，恰如春风十里。

## 别爱太满，给你的父母留一点儿

上周三，我去送一个亲戚家的女孩出嫁。

因为这门婚事是女方家长极力反对的，气氛并没有婚礼上该有的那种喜庆。主家不痛快，我们这些外人也觉得别扭。

她父母脸上都带着赌气的表情，女孩子也一脸决绝。

当初，女孩儿一谈恋爱，她父母就不同意。男方家庭条件不好，虽然小伙子一再拍着胸脯保证将来能让女孩儿过上好日子。但天下的父母大都如此，他们不想看太远，只希望眼前实实在在，能给自己的宝贝一个富足日子。

可女孩儿自己死活要嫁，没办法，她妈妈一狠心，一咬牙：你自己选的路，你哭着也要走，我不拦你了。

接亲的人来了，各种礼节还是按照我乡的风俗一步步进行。新娘化妆、更衣、喝茶、吃饭、抓财运，出门上婚车。

坐上婚车，女孩按下车窗，和送行的人告别。

那一刻，她的妈妈一直紧绷的脸骤然放松，眼泪哗哗落下，哽咽着说：“闺女，到了之后打个电话回家，妈妈在你包里放了一个面包，婚礼折腾，怕没人顾得上你吃饭，以后你要学会照顾自己。”

女孩哇一声哭出来，车窗玻璃缓缓升起，车子缓缓走远。她妈妈在后面喊：“回门时我给你做手擀面吃，别哭，大喜的日子不吉利。”

一转身，她自己却已泣不成声。

这些年，我送过好多女孩儿出嫁，从前的心情，都是满满的喜悦，等经历了一些世事之后，再看着婚车开走的那一刻，我总是泪水盈盈。

婚姻，是一个女人的二次投胎呀。你的幸福，你的快乐，你的痛苦，都和婚姻紧密相连。如果投胎不好，那么，这一生便注定多磨难。哪怕曾经在家里你是父母的心肝宝贝，未来的路也只能你一个人去走。

昨天，有人在后台和我倾诉：苏心姐，我和男友谈了三年恋爱了，我爱他，他也爱我。但我们年龄相差十岁，“三观”也不是很合，我父母非常传统，不喜欢年龄这么大的，加上他是外国人，一直反对我们在一起。你说，我该继续坚持下去吗？

我没有回复，因为我知道，有些事不让她自己去经历一番，她心里永远是个结。就像我的朋友小爱，经历了婚姻的风风雨雨，才明白当初的种种。

十年前，小爱在一家公司上班，和单位的一个保安谈起了恋爱。

小保安人长得挺帅，就是家庭条件差。父亲身体不好，家里的收入就靠母亲在农村种着几亩地。

小伙子使出浑身解数讨小爱欢心，小爱很快坠入情网，和小保安海誓山盟，私定终身。

小爱的父母知道了他俩的事，让小爱带小伙子回来看看。小爱的父母见了之后，让小爱和他断绝来往，小伙子穷还不重要，他们凭半生阅历，觉得小伙子不是可以托付终身之人。

但小爱早就被爱情迷得七荤八素，谁的话也听不进去，执意和小保安在一起。不久竟然怀了孕，这下，小爱的父母只得硬着头皮嫁女儿了。

临走时，小爱的妈妈说：“以后没事不要回来，我不想看到他。”

小爱硬气地说：“好，咱们母女缘分到此为止。”

婚后，小保安露出了本来面目，懒惰、没有责任心、没有上进心，下了班就去玩牌。生孩子时，小爱身边一个人也没有，老公的手机始终处于无法接通状态。万般无奈之际，小爱只好给她妈妈打了电话，她父母心急火燎地赶了过来。照顾完小爱的月子，母女的关系似乎依然有裂隙，一直缝合不起来。

小爱结婚五年的时候，她老公和一个发廊小姐搞到了一起。两口子吵过无数次架也没有用，再吵就干脆不见人影。

小爱吃过太多的苦，受过太多的累，哭过无数个长夜，后悔当初没有听父母的话。这期间，小爱的父亲突发心脏病去世，她不好意思和妈妈说自己的事。直到一次被家暴之后，她万念俱灰，想见妈妈一面就去自杀。妈妈一看到她的样子，就大概明白发生了什么事。妈妈一句都没有埋怨，只是让她安心住着，告诉她家永远是她的。

后来，小爱离了婚，带着孩子和妈妈住一起。老太太每天接送孩子上学放学，给她们娘儿俩做饭，小爱安心上班，日子过得很是恬淡。

小爱和我说过，爱情里，许多女孩儿如同一只飞蛾，不管不顾，朝着爱情的火扑过去，不留一点儿退路，直到粉身碎骨了，才明白自己是多么盲目。

是呀，这个世界上最爱你的人，除了你自己就是父母，只有他们对你是毫无条件、毫无保留地爱。他们不能阻止你去飞，但他们的家是你随时停靠的港湾，你若受伤，可以随时回来。

所谓父母，就是看着你的背影，想追回拥抱又不敢声张的人。他们懂得：掌上珊瑚怜不得，却教移作上阳花。他们能做的，只是用一生默默牵挂。

姑娘，别爱太满，给你的父母留一点儿。

结婚，是离开世界上最温暖的怀抱，去投入另一个自己喜欢的怀抱。父母和爱人，都是你今生的最爱，如果非要你在他们中间选择一个，那么，纵使你爱那个男人再深，也要留出一些空间来爱父母。

因为，他们是一辈子都在等我们回家的人，是永远不会抛弃和嫌弃我们的人。

# 祝你平安

（1）

八年前，我上海的同学L带着爱人来看我。

我惊喜万分，在一家我认为最好的酒店招待他们夫妻。吃过晚饭，老公说单位还有事就去忙了，我们三人决定去K歌。

L比我大一岁，上学时就显得特别成熟，总是一副大哥的模样。她的妻子则性格活泼，对一切事物都充满了好奇，不停地问这问那。

下楼时，L拉着妻子的手，她妻子一蹦一跳地走路，像个可爱的小女孩，L一脸宠溺地笑着。

我羡慕又心酸地看着他们。

彼时，我是公司的高层，工作多，压力大，每天都累得不想说话，到了周末，唯一的念想就是多睡会儿，可手机一天响到晚，我要不停地在家里处理工作，还要做各种家务。

老公似乎比我还忙，见到他时几乎都在晚上十点以后，说不了几句话就该洗洗睡了。我单位离家远，一大早就要赶班车，我出来时他和女儿都还在睡梦中。他周末加班属于正常，不加班属于意外。

我们就像两条平行线，两两相望，却很难相遇。

为此，我和他吵过无数次，嫌他自私，明明就是一个小小的公务员，非搞得自己比市长还忙。

那天晚上在KTV，舒缓的音乐，动情的歌声，多年的同学兼挚友，让我有种见到了亲人般的感觉，在他们面前，我卸下所有的伪装，拿着话筒唱歌，泪如雨下。我感到无比委屈，家庭和工作压得我快要支撑不住了，活得太累了。

等我唱完，L递过来一沓纸巾，然后拿起话筒唱歌，是一首很老的歌了——《祝你平安》。

他凝视着我，歌声如诉："你的心情现在好吗？你的脸上还有微笑吗？生活的路，总有一些不平事，请你不必太在意，洒脱一些过得好，祝你平安，噢，祝你平安……"

那一刻，我抑郁的心情释然了很多。

L回家的路上，给我发来信息：苏，看到你不开心，我感到很不安，你曾经是那么活泼可爱。可我们毕竟已经是成年人，不再是当初在学校那个无忧无虑的少年了。我们肩上都有沉甸甸的责任，在这个尘世间，没有谁活得容易，记得保重自己。我是你的亲人，我不关心你有多大的成就，你只要经常给我报一下平安就行了，别的，都不重要。

这些年，我和L联系并不多，我们是懂得彼此的朋友，不需要千言万语，我大多只在节日时给他发一条平安的信息，每次，他都只回复一个字：好。

是呀，福莫长于无祸，还有什么比平安更好的呢？

## （2）

父亲的邻居，有一对退了休的老夫妻，我喊他们李叔李婶。他们的独子在大连一家公司当海员，每年一出去就是大半年，有时还要更长。

李叔和我父亲是“钓友”，经常在一起钓鱼，我去找父亲时总是看到李大爷穿着名牌，很多我都叫不上名字来，我便大惊小怪地说：“李叔，您这衣服都是国外大牌，太牛了！”

李叔会漫不经心地笑笑说：“无所谓，其实，我最喜欢穿棉布的衣服，可儿子买了，这是他的一片心意，我不能不穿吧。”

父亲说：“你李叔不在乎这些，他最大的心愿，就是儿子平平安安，一家人在一起，名牌不名牌的他一点儿都不稀罕。你注意过没有，他家大门上的对联每年都是那几个字：平安是福。”

再路过李叔家门口时，我特意看了一下他家的大门，果然。原来，那几个字是对远方亲人的牵挂和祝愿。

## （3）

曾经看过一个禅语故事。

一位有钱人去寺院问一位高僧：师父，何谓福？

高僧合掌道：一丛竹。

有钱人不明白，他原以为高僧会说福是有钱有势呢，却是“一丛竹”。

“一丛竹”为什么是福呢？他默默念叨着这几个字往回走，百思不得其解。

中午吃饭时，全家都在，唯独少了他最心爱的小儿子，慌忙四下寻找。找了半天，终于找到。原来，孩子玩累了，在一个草堆上睡着了，发现时，睡得正香。

有钱人失而复得，很欣喜，抱着孩子回家，走着走着，一下子明白了高僧的话。

“一丛竹”，就是“竹报平安”的意思呀！平安，可不就是最大的福吗？还有什么比一家人平平安安更好的呢？

母亲在世时，每次我出差，她都会嘱咐一句：到了之后报个平安回家。从前只觉得这句话那么轻描淡写，就是一句惯性唠叨，从未放在心上。母亲不在了，我才懂得，这个世间，除了平安，又有什么不是浮云？

世界有好有坏，我只要你一直都在，其他的，都不重要。

年年岁岁花相似，岁岁年年你相同。

祝你平安。

你永远都平安，是我最大的心愿。

# 每天回家时，把坏情绪留在门外

洗完澡，我正准备上床休息。

同事雯雯打来电话，在那端哭叫：“姐，我没法活了，这个王八蛋竟然打我！我现在就把我爸妈和他爸妈都叫过来，我要和他离婚。”

我不知道雯雯发生了什么事，赶紧换好衣服，飞奔去他们家。好在她就住在隔壁小区，几分钟就到了。

敲开门，客厅里一片狼藉，雯雯搂着孩子在哭，她老公坐在沙发一角不吭声。

我惊讶地问：“这是怎么啦，大半夜不睡觉，闹得鸡飞狗跳的，也不怕邻居笑话！”

雯雯气呼呼地说：“姐，他就一疯子，下班不回家，跑外面喝酒，回来撒酒疯要喝牛奶，我说都让宝宝喝了，他就骂孩子，我顶了他一句，他竟然上来给我一巴掌，我打不过他，就把能摔的都摔了，这日子不过了！”

我大声问雯雯的老公：“你没病吧？”

雯雯的老公酒已经醒了，一脸懊恼："唉，姐，大半夜的还让你跑过来。今天我做的一份企划书给老板看，他说我应付了事，工作态度有问题，还给扔到了地上，我心里有气，就去喝了点儿闷酒，回来借着酒劲闹成这样，对不起，我错了。"

我赶紧让他们给父母打电话说没事，千万别过来，这一折腾，小事也成大事了。

安抚好雯雯两口子，我下楼回家。

走在小区的甬路上，我想起去年我那次在单位工作不顺心的事。

有人在背后打我的小报告，老板借着一个话题把我数落了一通。我怒火万丈地回到自己的办公室，狠狠地把门一摔，几位同事被我狰狞的面容吓得不敢说话。

下了班，老公打来电话，说他们单位小宋要调走了，想两家坐坐吃个饭。我嗯了一声，就挂了电话。

来到饭店，小宋一家三口已经到了，我老公接了刚刚放学的女儿也来了。我挤出一点笑容和他们打过招呼，坐在座位上，一言不发生闷气。

吃饭时，老公看我不对劲，就问："你今天怎么啦，像每个人都欠你钱似的，从进来就拉着一张脸。"

我没好气地说："你欠我呀，你要是有本事能养我，我还用在单位受这窝囊气！"

老公也有气："你没事发什么神经！"

小宋赶紧打圆场："嫂子，你怎么啦，我这要调外地了，咱们两家再聚一次就没这么方便了，今天高高兴兴的好吧？"

忍了半天的眼泪终于哗一下流了下来，我不好意思地说："对不起，小宋，我今天在单位莫名其妙地被老板批评，心情不好，跟你没关系。”

小宋叹了口气：“唉，其实，咱们哪个人没有在工作中受过委屈呢，我以前也是，总是把气带回家，冲他们娘儿俩撒，因为这，我和媳妇也没少吵架。

“直到有一天我工作很晚，心里带着气回到家，儿子看见我，兴奋地和他妈妈说：‘爸爸回来了，赶紧热下饭，咱们吃饭吧。’我这才知道，他们一直饿着肚子等我。

“我又感动又惭愧，心里那点气一下子消弭。这个世界上，除了父母妻儿，谁会在深夜为你留一盏灯，多晚多困都等你回家？无论你在外面是多么卑微渺小，你在他们眼里也都是巍峨的高山，是参天的大树，是不可离开的天空。你只是这个世界的可有可无，却是他们生命中的最大依靠。

“从那以后，无论在工作中有什么不顺心的事，我都不会把坏情绪带回家，那些事就是一件外套，我回家之前会把他脱在家门外。”

听着小宋动情的话，我的心慢慢暖了起来，是呀，工作只是我们谋生的工具，我们所受的那些苦和累，不就是为了让自己和家人过上幸福的日子吗？为什么总是本末倒置，把工作中的坏情绪带到家里来，带给我们最亲的人，我们，是何等愚蠢？

之前看过一个新闻，一个男人因为工作中不顺心的事，回到家和他母亲说话没好气，老人以为儿子嫌弃自己，从七楼跳下去自杀了。

多么痛的悔悟！未来的岁月，不知这个当儿子的会不会夜夜难安，内疚一生？

其实，无论你在工作中受过什么样的委屈，当过一段时间回头再看那些事，都是芝麻绿豆，鸡毛蒜皮，根本不值得放在心上。

只有家，才是你最该珍惜的地方。只有亲人，才是你生命中最重要的人。

那是你受了伤可以疗伤的地方，是你可以卸下伪装不用小心翼翼的地方，是你可以痛快哭纵情笑的地方。那里，有你最亲的父母、最爱的孩子、拿最好的青春陪你过苦日子的亲爱伴侣。

就算门外凛冽如冬，推开门，却是春风拂面，是这个世间最温暖的地方。

每天回家时，记得把坏情绪留在家门外。

你最该带回家的是快乐，而不是烦恼。你最值得做的一件事，就是让最爱你的人，幸福。

第五章

# 请真正地幸福吧

# 有情不必终老，暗香浮动就好

讲述：

苏心你好，我想和你说说我的故事。

我的婚姻让我很崩溃，他个人卫生习惯很差，我强烈要求了很多年，也改不了。他一点儿幽默感也没有，十分无趣。还特别小气，一点小事就会大发雷霆。我们吵过很多次架，最后都不愿和他说话了，或者，也算我妥协了吧，不喜欢那种整天争吵的日子。

我的日子就是一潭死水，让人窒息，我在婚姻里有一种透不过气来的感觉。为了孩子，我一直隐忍着。

这时，命运把一个人带到了我面前。

他是我的上司，情商很高，专注的眼神很轻易地就会触碰到你心里最柔软的地方。和他在一起，我们很容易就打开话题，无拘无束地聊，聊他的孩子还有我的孩子。

偶尔他也会倾诉不满的情绪，但不是大呼小叫，不忙的时候他有读书写随笔的习惯，还会编辑一些自己的作品。他很尊重女性，会让我学习历史上著名女性的智慧。

我真的很喜欢他，也喜欢他的作品。很感谢命运让他及时出现，照亮了我苍白的日子，也感谢苏心听我的故事。

我发现已经爱上他了，我能和他在一起吗？

苏心回复：

亲爱的，你好。

我还是先给你讲一个故事吧。

我认识一位非常知性漂亮的姐姐，她说过，婚后男女间的感情最难把握度，本来说好做朋友的，一不小心就越了界，到最后，往往是两两伤害。

可是，这位聪明的姐姐没有控制住自己，和一位互相喜欢了十年的知己突破了最后的防线，最终纸包不住火，那个男人的老婆知道了他们的关系，闹得满城风雨。

很多年过去了，只要她一出现，仍然有人指指点点。这位姐姐早就离了婚，至今独身。那个男的没离婚，至于婚姻是什么情况不得而知。

其实，绚烂至极归于平淡，本来就是婚姻的真实面目。哪怕曾经爱得死去活来的两个人，经了油烟的浸染，也会失去最初的激情。这个时候，爱的成分少了，恩的成分多了。最后，爱情都变成了亲情，变成了陪伴。

一生太长，爱一个人太难。婚姻的途中往往会出现一个你欣赏的人，让你一如初恋时心跳加速、欢喜满满，可你已没了爱的资格。

这个时候，你该怎么办？

《圣经》里说，爱是忍耐。是的，如果爱没了克制，见一个爱一个，还有什么责任感可言？

而喜新厌旧是人类的通病。就算让你们在一起，有一天照样会平淡如水，且还会再遇良人。那时候，你是不是会再来问我你该怎么办？

不要去玩火，放心，如果你们真的不顾一切在一起，很快也会歌不成歌、调不成调的。他的很多美好，不过是你自带了粉色滤镜，只是想象而已。

如果一起生活，他的缺点、你的雀斑，都会一览无遗地在彼此眼底浮现。他会成为你的饭黏子，你也会成为他的蚊子血。

有一种感情，叫情意相通、江湖相望。不说破，不越界，没有相守的缘分，却有一生的情分，不伤害别人，不伤害自己，也算得上一种圆满吧。

有情不必终老，暗香浮动就好。

# 姑娘，等他离了婚你再往上扑吧

讲述：

苏心姐，你好，我想和你说说我的事，希望你可以给我点儿建议。

我的男朋友竟然是一个结了婚的人。但是在交往之前我一直不知道他已经结婚、有孩子了，直到我们确定关系，我玩他的手机的时候才发现他已经结婚了。

我问他为什么骗我，他说他打算和他老婆离婚之后再和我说。他老婆也已经知道他和我的事，他和他老婆精神层面达不到一致，总是吵架，他们已经分居将近一年。

他说，他最近打算离婚。

当我知道他已经结婚的时候，我几乎哭了一夜。

可是，我爱他，很爱很爱他。

我该怎么办？

苏心回复：

亲爱的，你好。

爱情总是迷人眼。

记得我一个前同事，也是爱上了有妇之夫，谁劝她，她和谁翻脸。后来那个男人甩了她，而她已老大难再嫁，半是悔恨半是无奈地去了很远的地方。

这种故事中，受伤最重的，总是那个涉世未深的女孩儿。

他装作不幸福，装作很痛苦，和你诉说婚姻的不幸，然后博取你的同情，继而获取你的芳心，获取你的人。他像一个猎手般，步步为营。多么老的桥段，却在人间一遍一遍上演。

可偏偏就有那么多痴情女子，明知是错，也飞蛾扑火。

不要以为自己遇上的是宋思明，他所要的，只是当下的良辰美景，离婚的话不过是随口说说，骗你而已。

其实很多时候，就算他老婆知道自己的男人出轨了，也不会轻易离婚。婚姻，有时很脆弱，有时却坚如城堡，城外的才是敌人。他的老婆甚至会和他联手一起对付你，到最后，你会遍体鳞伤，独吞苦水。

早点儿醒醒吧。

我知道，放下一个深爱着的人很难很难，有如抽骨剥筋般痛。

日本漫画家宫崎骏说，青春就是让你张扬地笑，也给你莫名的痛。

是的，这就是成长的代价。

姑娘，不要把自己当成拯救他的婚姻的救世主了，还是等他离了婚，你再往上扑吧。

有情的，总会开花结果。但，一般你很难看到这种结果。

# 爱，是迫不及待

讲述：

苏心姐，我想和你说说我的故事。

我是异地恋，我和他是去年暑假认识的，虽然一开始他就说顺其自然，开心就好，可是我还是义无反顾地陷入这段感情中。

我没有去过他的城市，他每个月会来我这里看我一次。我们在一起的时候很开心，在他怀里的时候，我想的都是天长地久。可是，他从来没承诺过会娶我。

为此，我们也闹翻过，甚至删除了所有的联系方式，可是，我控制不住自己的思念、自己的心痛。想他的时候，我就去我们一起去过的那些地方，仿佛他还在身边。

平时，我们大多是在微信上联系，我每天一睁眼就和他分享我的日常，他基本不回我。有时我给他打电话，他也不接。

他心情好时，才在微信上和我说几句，然后匆匆离开，说他忙。我如果埋怨他，他就和我急，说自己拼命工作，拼命挣钱，还不是想给我一个家，我就不敢说话了。

可是，我总觉得我们的爱情怪怪的。开始的时候，我以为他已婚，骗了我，我找人查过，他是单身状态。

你能告诉我，他为什么会这样吗？我该怎么办？

苏心回复：

亲爱的，你好。

多言始于深爱，你每天一睁眼就和他分享你的日常，这很正常。可是，恕我直言，他根本不爱你。

我们都是跋涉过爱情的人，全力爱过别人，也被人全力爱过。如果他也像你爱他一样爱你，他会秒回你的信息，因为，他也恨不得每分每秒都和你分享他的日常。

这，才是爱情。

爱情是什么，是迫不及待，是急不可耐，是恨不得马上回复你，马上听到你，马上见到你，马上奔向你。

唯有相见解相思。

你说，他每个月来和你待几天，然后平时并不怎么联系，你打电话他还不接。我的第一反应就是，他是有妇之夫，还好，你说查过，他是单身状态。

好吧，就算他没有结婚，他身边一定也还有别的女人。而你，只是他途中的艳遇，或者，最佳状态也就是个备胎。

这些每个局外人都能看到的事情，你却被爱情迷了眼。当然，爱情中的女人智商为零，这很正常。

我们这一生，会遇见很多人，有些人就是来让你痛的，让你狠狠痛过，然后离开。

这段感情，无论你有多爱他，我都劝你果断放弃，因为你演的只是一场独角戏。

很多时候，面对一份无力的感情，我们只能如此：爱过，又忘记。

## 谁不曾喝过最烈的酒，谁不曾牵过不该牵的手

讲述：

苏心姐，我是一个三十岁的未婚女子，我想和你说说我的故事。

二十二岁那年，我大学毕业后到一个行政单位实习。领导对我非常照顾，经常和我说一些工作上的经验。他在我们这里很有名，儒雅博学，经常出现在电视里。

我慢慢对他有了依赖感，发现自己爱上了他。虽然他已是不惑之年，但我一直觉得他很年轻。我疯狂地爱着他，一时看不到他就想得撕心裂肺。他显然也感觉到了我的感情，只是装作不知道。

一天晚上，他值班，我走进他的办公室，我们失去了控制。可是，我愚蠢到忘了锁好门，直到听到一个女人的尖叫声——是他的妻子来找他拿家里的钥匙。

我傻了一样，他却很镇定，和他妻子说是我勾引他。

后来，我就在我们这座小城出名了，走到哪里都被人指

指点点。

八年过去，或许很多人已经忘了这件事，可我自己忘不了。我不谈恋爱，不接受亲戚同事善意的相亲安排，独来独往，没有朋友，我走不出心底的阴影。

我犯下了不可饶恕的错误，可是，我真的要用一生来偿还吗？我该怎么办？

苏心回复：

亲爱的，你好。

看了你的故事，我很心疼你。这么多年，你被钉在耻辱柱上，不得超生，那种滋味一定是百般折磨。

你的错误本该受到惩罚，但是，应该有期限。

前段时间我看过一个视频，是和前美国总统克林顿有过性丑闻的莱温斯基的一个演讲。她也是二十二岁时犯下了错误，直到四十一岁才鼓起勇气叙述那些曾经绝望的日子，她为此差点儿付出了生命的代价。

她说，在场的各位，有哪位在二十二岁时没有犯过错误？请举手。我在视频里没有看到举手的人。

她说，为什么自己会有这一次演讲？因为是时候了，是时候不再为过去小心翼翼，是时候不再背负耻辱活着，是时候讲述自己的经历，这不仅仅是为了拯救我自己，任何遭受过耻辱和羞辱的人，都需要知道一点——你能撑过来。

是的，正如莱温斯基所说，二十二岁的时候，谁没有犯过错误？或许有，但是很少，更多的人是一路跌跌撞撞，呆呆傻傻走到了现在。

你遇到的那个男人，就是传说中的三不（不拒绝，不承诺，不负责）男人。而这种大叔，他成功，成熟，光芒万丈，对女孩子的杀伤力几乎是五星级。

你初入社会，遇到这样一个男人，实在是一件很不幸的事。因为你俩根本不在一个段位上，你无力抵挡这份明晃晃的诱惑。

爱一个人没有错，错的是你投入了错误的怀抱。

你是应受到惩罚，但八年已经够了，你该“刑满释放”了。

年轻的时候，谁不曾喝过最烈的酒，谁不曾牵过不该牵的手？

其实，你在别人心里并没那么重要，我们每个人都一样。那件事，估计除了你自己，已经没有几个人记得了。毕竟，大家都挺忙的。

是时候放下了。放过自己，放过别人，放过往事。

从三十岁开始，让你真正幸福吧。

# 他只是走了肾，你却动了情

讲述：

苏心姐，看了你写的上篇《谁不曾喝过最烈的酒，谁不曾牵过不该牵的手》，里面的故事和我好像啊！

我也爱上了一个大叔，他比我大二十多岁，我们保持着情人关系，所幸的是，还没有被人发现。

但我知道，一旦我们的关系被人发现，他肯定也会说是我勾引他。

我知道这样不对，可就是控制不住自己。我离不开他，无数次想不再理他，可每次都在煎熬，一见到他，所有的决心就都消失了。

他对我的好，只限于见面时，平时无论我多久不联系他，他都不会主动联系我。

这件事，压得我透不过气来，我跟谁都不敢说。你能告诉我该怎么做吗？

苏心回复：

亲爱的，你好。

看完你的故事，我心情很沉重。为什么这么多的爱情故事里，总是流行大叔？

可是，你的故事里，我并没有看到“爱情”。我只看到了他的欲望和你的愚蠢。

你明明知道你们的关系如果被发现，他会第一时间把你置于万劫不复之地，你明明知道他贪恋的只是你的身体，你明明知道他根本就不爱你。

他只是走了肾，你却动了情。但你就是不肯放手，你是有多傻、多痴？

是的，他成熟、稳重、多金，光芒万丈，但他能给你带来的不是执子之手、与子偕老的一世安稳，却只是片刻的欢愉，只是痛苦，甚至是灾难。

可想而知，你们的关系一旦暴露，伤害最深的当然是你。

我们的国度、我们的文化、我们的传统就是这样，男人和女人犯了同样的错，该杀的那个一定是女人，而男人，付出的代价要小很多。

离开他吧，趁着你还不曾身败名裂，趁着你青春尚在，趁你仍然是外人眼中的小白兔。不要再在一段无望的感情里发出“君生我未生，我生君已老”的叹息，不值！

秋日正好，丹桂正盛，来敲你院门的他，一定是那个可以带你走在阳光下的人。所有真心的、痴心的、忘情的话，要说给那个爱你的人听。

大叔套路深，交往要小心。

# 每一个出轨的男人背后，都有一个出轨的女人

讲述：

苏心，你好！

我和老公结婚快六年了，别人都说老公是个老实人。可他总是对我动手，我们一次冷战持续了半年，老公不同意和我离婚。

万念俱灰的我想到了死，可为了孩子，我忍了。

这个时候，他出现了。

他安慰我、开导我，几乎每天和我聊天，我们成了情人关系。

他对我嘘寒问暖，让我需要什么就告诉他，他给我买。我说我什么都不要，只要他的心，他说他会永远对我好，要让我恢复活力，快乐起来，要让我尝到性的快乐。

他经常问，等他老了他不能给我性了我会不会对他好，我不在乎性的，我心疼他，因为他是男人。

我已经知足了，觉得这辈子没有白活一场。我感激他的真挚和温暖，几乎每天都是他联系我，周末才不联系。

我们的恩恩爱爱维持一年多了。一天，我们聊天时手机卡住了，我说手机不行了，他说要不他给我买一个，然后给了我一千元钱。我生气地说我不要一千，我要一万，他说他没有一万，还说给钱就是交易了。

这句话说得我很受伤，我们不欢而散。

我开始怀疑他对我的真心，我不是一个物质的女人，可我需要他的表达我才安心，才有信心继续。

昨天他没有联系我，也没有告诉我有什么事，这样的情况是很少的。他曾经说我们都要珍惜彼此，他不联系我，我是否就该顺势放弃这份感情了？还是他也意识到我是“要”就害怕了？如果这样，这份感情我还能坚持下去吗？

苏心回复：

看完这封信，我竟无言以对。

曾经看过这样一个故事。

有一个鸡蛋，和石头在一起了，磕磕碰碰，弄得自己身上伤痕累累，终于有一天鸡蛋受不了了，离开了石头。后来鸡蛋遇到了棉花，棉花对鸡蛋的每一个拥抱都是那么温暖，鸡蛋才明白：不是努力坚持和忍耐就能换来温暖，要选择对的、适合的，才会变得很轻松很幸福。

是的，我很同情在婚姻中受到伤害的女人，可问题是，你自己分明也是别人婚姻里的施害方啊。你有丈夫、有孩子、有家庭，却在和别的男人“相爱”。

很多人以为自己是婚姻中的鸡蛋，其实，大多时候却是石头而不自知。

大家都知道，我性格温和，语言从不犀利，可是这不代表我没有原则，没有立场。

我从来不是男权维护者，也不高举女权的大旗。我有一双冷眼、一颗热心，悲悯地看着我身边的每一个人、每一件事。

一提到出轨，人们就容易想到男人，可是，每个出轨的男人背后，也会有一个出轨的女人。

婚姻是什么，是契约呀。

我更希望看到的是每个人都有契约精神，哪怕在这段婚姻中并不那么幸福，你可以努力改变局面，也可以选择离婚再觅良人，但不能吃着碗里的，占着锅里的，还做委屈状、做无辜状、做爱而不得的痛苦状。

两年前，我生活的这座城市，有一个闹得沸沸扬扬的故事。

一对夫妻不和，男人经常家暴，女的本来是受害方，可不知为什么她没有选择离婚，而在外面找了个情人。

那天，她等老公上班后把情人带回了家。岂知她老公早就察觉，说是上班，其实藏在暗处。等这欲火焚身的两人进了屋，男人破门而入。情急之下，二人夺窗而逃，女的摔断了腿，男的倒没受什么伤。二人就此出了名，很长一段时间都成为大家茶余饭后的谈资。

出师未捷情先死。女的本来是值得同情的一方，却成了被讨伐的一方。

或许，每个走入婚姻的人都会遇到这样那样的问题，都有过掐死对方的念头，都有过离婚的打算。

正确的打开方式是，有了问题解决问题，而不是放弃这道题，再去做下一道。那么，你的婚姻试卷永远是做了一半的无解题，又怎么能得分？

一生好长，长到煎熬；一生又好短，短到转眼白头。

如果爱，请深爱；如果不爱，可以选择离开，但最好不要伤害。

# 把婚姻当饭吃，把爱情当点心

讲述：

苏心，你好。

有一个问题我一直比较困扰，我现在都分不清感动和爱了！

我和老公相识于大学，由于是一个班的，每天能见面，起初我对他并没有什么好印象，有一次我感冒了，他给我送感冒药让我吃，从那一刻我心里对他充满了好感，慢慢地也就不那么生疏了，再加上他平时对我的照顾，我觉得好甜蜜，因为之前从来没有一个男生主动照顾我。

相恋了六年，结婚了七年，我承认从相恋到结婚的头三年，虽然我们有过争吵但我心里还是甜蜜的，我想那之前都是因为心中有爱吧！

可自从有了娃，家里争吵不断，我的眼泪流得越来越多，到现在我连话都不愿跟他多说一句，我越来越发现其实我们的共同语言太少了。现在我要是哭了，他基本不会过来像恋爱时那样哄我；我带孩子累了，偶尔跟他抱怨几句，他会说是我没带好，自找的；让他多跑下腿、多办件事，他会说我太依靠他了，为什么总想依靠别人。

我什么也不想说了，感觉现在对他似乎已没有爱情了，有时怀疑自己当初跟他在一起是不是仅仅因为感动而不是爱情。我对未来的婚姻很迷茫，都不想再跟他过下去了！

苏心回复：

亲爱的，你好。

林语堂说过，用爱情的方式过婚姻，没有不失败的。要把婚姻当饭吃，把爱情当点心。

记得我刚参加工作时，我们单位有一对刚刚结婚的小夫妻，是双职工。他俩是自由恋爱，谈了几年浓情似火的恋爱，才走进婚姻的殿堂。

可是，他们刚刚结婚半年，就闹起了离婚。

原因竟然是他俩都不愿做饭，更不愿洗碗。男的觉得那是女人该干的活，女的认为男人该宠着女人，家务要全包。

那个男的就在我们隔壁办公室上班。有一天，他跑到我们办公室叹气，说他老婆结婚前那么好的一个女孩儿，怎么刚结婚就像变了一个人，又懒又不讲理，自己恋爱这几年难道是喝了迷魂汤？

他的老婆也跑来和我诉说，觉得他老公这几年就是在装，刚结婚就露出了真面目，简直让人难以忍受。

那时我还年轻，不曾经历过婚姻的烟熏火燎，觉着这事挺好笑。

等我走进围城后，我发现，当初那对夫妻之间发生的一切正在我身上一件一件发生。

我错愕、不甘，又不得不一点点地磨掉身上的棱角，争吵哭泣，喊离喊分，折腾了好几年。

其实，两个人在一起，更多想着的应该是包容，而不是刻意改变对方。如果光想着改变对方，婚姻就变成了战场。

所有的婚姻都会经历这样一个过程，绚烂至极，而后归于平淡。爱情一天天走远，柴米油盐才是婚姻的重点。

终于有一天，与那个人的感情从最初的爱情，蜕变成一份更深的亲情。

就像我那两位同事，如今他们的眉眼间有着那么神似的气质，以至于经常会有人问他们是不是亲兄妹。我去他们家做客时，两人一起在厨房忙碌，说说笑笑，配合默契，俨然回到了婚前状态。

是呀，婚姻的主旋律就是柴米油盐，爱情偶尔做个调味剂，然后，在热气腾腾中地久天长。